双葉文庫

はぐれ長屋の用心棒

おれたちの仇討

鳥羽亮

目次

この作品は双葉文庫のために書き下ろされました。

おれたちの仇討　はぐれ長屋の用心棒

第一章　酔剣

一

「うまい！」

思わず、源九郎は声を上げた。

華町源九郎が食べているのは、湯漬けだった。昨夕、炊いためしに湯をそそいだだけである。

五ツ（午前八時）過ぎだった。昨日、源九郎は陽が沈む前に夕飯を食い、その後いままで水を飲んだだけで、何も口にしていなかった。朝寝したせいだが、ひどく腹がすいていたのだ。

源九郎は、還暦を過ぎた老齢だった。伝兵衛店と呼ばれる棟割り長屋で、独り暮らしをしている。身装には頓着なく、ひどくうらぶれた格好をしていた。小袖の肩には継ぎ当てがあり、襟は垢で黒光りしていた。座敷に胡座をかいた股の間から、汚れた褌が覗いている。風貌も冴えなかった。鬢や髷は乱れ、顔には皺が目立った。華町という名に反して、ひどくみすぼらしい姿である。

ただ、体付きはがっちりしていた。背丈は五尺七寸ほどあり、首が太く胸が厚かった。腰もどっしりしている。若いころ、剣の修行で鍛えた体である。

華町家は五十石の御家人だったが、源九郎は五十代半ばのころ、家を倅の俊之介に継がせて長屋暮らしを始めたのだ。そのころ、妻が病死したこともあり、狭い家のなかで倅夫婦に気兼ねしながら暮らすのが嫌で家を出たのである。

源九郎の生業は、貧乏牢人おきまりの傘張りだった。ただ、それだけでは食っていけず、わずかだが華町家からの合力もある。

源九郎が丼の湯漬けを半分ほど食べたとき、戸口に近寄ってくる下駄の足音がした。足音は、腰高障子の向こうでとまり、

「華町の旦那、起きてるかい」

と、お熊の声がした。

お熊は、長屋に住む助造という日傭取りの女房だった。源九郎の家の斜向かいに住んでいた。子供はなく、亭主とふたり暮らしである。

お熊は四十代半ば、樽のように太っていた。色気などまったくなく、人前でも平気で両足をひらいて薄汚れた二布を覗かせていたりする。ただ、心根は優しく、面倒見がよかった。それで、長屋の住人には好かれていた。独り暮らしの源九郎にも気をつかい、よぶんに作った菜や飯などを持ってきてくれたりする。

お熊は皿を手にしていた。薄く切ったたくわんが載っている。

「たくわんだよ。食うかい」

お熊は上がり框の前に立って、たくわんの載った皿を源九郎に見せた。亭主を仕事に送り出した後、余分に切ったたくわんを持ってきてくれたらしい。

「ありがたい。湯漬けを食っているのだがな。何か、漬物でもあればと思っていたところなのだ」

源九郎は丼を手にしたまま立ち上がり、お熊のそばに来て胡座をかいた。

お熊は、たくわんの載った皿を源九郎の膝先に置くと、上がり框に腰を下ろした。

「菅井の旦那は、来ないのかい」

お熊が訊いた。

菅井紋太夫は、同じ伝兵衛店に住む牢人である。源九郎と同じように独り暮らしをしている。無類の将棋好きで、暇さえあれば、源九郎のところへ将棋を指しにくるのだ。ただ、将棋の腕はそれほどではなかった。下手の横好きである。

「今日は、広小路に出かけたのではないか」

菅井の生業は、見世物だった。両国広小路で居合抜きを観せていた。大道芸だが、居合は本物である。菅井は田宮流居合の達人だった。

「ここへ来る前に、井戸端で見掛けたよ。両国には行かなかったみたい」

お熊が言った。

「おかしいな。今日は、雨ではないが」

雨が降ると、大道での見世物はできない。それで、雨の日はきまって、源九郎のところに将棋を指しにくるのだ。

「夜明けごろ、すこし降ってたからね。それで、長屋にいるのかもしれないよ」

「そうか」

源九郎は遅くまで眠っていたので、雨が降っていたのに気付かなかったようだ。

「菅井の旦那、きっとここに来るよ」

お熊も、菅井が見世物に出かけないときは、源九郎のところへ将棋を指しにくることを知っていた。

源九郎とお熊がそんな話をしていると、戸口に近付いてくる下駄の音がした。

「ほら、来た！　菅井の旦那だよ」

お熊が声をひそめて言った。

源九郎も、その下駄の音に聞き覚えがあった。菅井のようだ。下駄の音は、腰高障子の前でとまった。

「華町、いるか」

菅井の声がした。

「いるぞ。入ってくれ」

源九郎は、空になった丼を膝の脇に置いた。

腰高障子があいて、菅井が入ってきた。

「お熊も、いたのか」

菅井がお熊に目をやって言った。

菅井は将棋盤と駒の入った小箱を持っていた。源九郎が思っていたとおり、将棋を指しに来たようだ。

「どうだ、お熊、将棋をやるか。おれが、教えてやってもいいぞ」

菅井が薄笑いを浮かべて言った。

菅井は五十がらみだった。痩身で、総髪が肩まで伸び、頬がこけて顎(あご)がとがっている。細い目がつり上がり、般若(はんにゃ)や死神を連想させた。薄笑いを浮かべた顔は、よけい不気味である。

「あたし、将棋なんてやらないよ」

そう言って、お熊は腰を上げ、「皿は、後で取りに来るからね」と言い置き、そそくさと戸口から出ていった。

「華町、朝めしは食ったようだな」

菅井が、源九郎の脇に置いてある丼とたくわんの載った皿を見て言った。

「食った」

「ちょうどいいところに来たな。腹が減っていては、将棋も指せんからな」

「菅井、両国には行かないのか」

「雨だったからな」

「やんだではないか。いまからでも、遅くないぞ」

「朝、起きたときに降っていたから、今日は将棋をやると決めたのだ」

菅井は勝手に座敷に上がってくると、

「華町、今日は、一日中、将棋が指せるぞ」

と言って、ニンマリした。

二

菅井は将棋盤を睨むように見すえていたが、

「華町、この飛車は、まずいな」

と、顔を赤らめて言った。

総髪が乱れ、面長で顎がしゃくれた顔が紅潮している。まるで、怒りに目をつり上げた般若のような顔である。

「いい手だ」

源九郎が笑みを浮かべて言った。

王手、角取りの妙手だった。角を取れば、形勢は大きく源九郎にかたむくだろう。あと十手ほどで、詰むかもしれない。

「うむ……」

菅井は将棋盤を睨んだまま低い唸(うな)り声を上げた。考え込むような局面ではなかった。王を逃がすしか手はないのだ。

そのとき、戸口に走り寄る足音がし、

「華町の旦那、いやすか!」

と、若い男の声がした。

「いるぞ」

源九郎が声をかけた。

すぐに腰高障子があいて、姿を見せたのは伝兵衛店に住む平太(へいた)だった。平太は、まだ十代半ばだった。母親のおしずとふたり暮らしである。足が速く、動きがすばしっこい。長屋の者たちに、すっとび平太と呼ばれている。

「大変だ!」

平太が戸口で声を上げた。

「どうした」

源九郎が、体を戸口の方にむけた。

「斬り合いでさァ! 爺(じい)さんと若い娘が、お侍三人に取り囲まれていやす」

平太が土間で足踏みしながら言った。

「ふたりは、長屋の者か」

「そうじゃァねえ。爺さんと娘さんは、武家のようだ」

「武家な」

源九郎が気のない声で言った。斬り合っている者たちは、華町家とも伝兵衛店の住人ともかかわりがあるとは思えなかったのだ。

そのとき、将棋盤を睨むように見すえていた菅井が、

「放っては、おけんぞ！」

いきなり声を上げ、「無念だ、このまま続ければ、勝てたのに」と言いざま、将棋盤の上の駒を掻き混ぜてしまった。

「す、菅井、何をする」

慌てて、源九郎が手を伸ばしたが、どうにもならなかった。

「場所は、どこだ」

菅井が、脇に置いてあった刀を手にして立ち上がった。負けそうな局面だったので、勝負なしにしてしまったのだ。

「一ツ目橋のそばでさァ。長屋の者たちも、大勢行ってやすぜ」

平太が口早に言った。

一ツ目橋は、竪川にかかる橋である。大川に近いところから順に、一ツ目橋、二ツ目橋、三ツ目橋……と、名がついていた。

源九郎たちの住む伝兵衛店は、竪川沿いにひろがる本所相生町にあった。一ツ目橋の近くである。

源九郎と菅井は平太の先導で路地木戸を出ると、細い路地をたどって竪川沿いの通りに出た。竪川沿いの通りには表店が並び、ぼてふり、供連れの武士、船頭ふうの男、町娘などが行き交っていた。

「あそこ！」

平太が、指差した。

一ツ目橋のたもとに大勢集まっていた。通りすがりの者が多いようだが、伝兵衛店の住人の姿もあった。その人だかりのなかで、数人の男が斬り合っていた。ひとり、女の姿もあった。

気合と刀を弾き合う音がひびき、男たちの手にした刀が秋の陽を反射て、キラッ、キラッ、とひかった。

源九郎たちが近付くと、人だかりのなかから「華町の旦那だ！」「居合の旦那も、いっしょだぞ！」などという声が聞こえた。声を上げたのは、源九郎たちを知っている伝兵衛店の住人らしい。

「前をあけてくんな！」

平太が先にたって、人だかりを分けた。

見ると、老齢の武士と若い娘が、三人の武士を相手に闘っていた。まだ、手傷を負った者はいなかった。武士のひとりが、右袖を斬られていたが、血の色はなかった。

……いずれも、遣い手だ！

と、源九郎はみてとった。

老齢の武士と娘を取り囲むように立っている三人の武士は、いずれも腰が据わり、構えに隙がなかった。構えを見ただけで、剣の修行を積んだ者たちだと知れた。

源九郎は姿勢や構えから、腕のほどを見抜く目を持っていた。老齢だが鏡新明智流の達人であった。少年のころに日本橋茅場町にあった桃井春蔵の士学館に入門し、その後、長年の間剣の修行に励んだのである。

竪川の岸際に、老齢の武士と若い娘が立っていた。老齢の武士は刀を八相に構え、娘は懐剣を手にしている。

源九郎は、老齢の武士をどこかで見たような気がしたが、思い出せなかった。

「あの年寄り、妙な構えだぞ！」

菅井が源九郎に身を寄せて言った。

「体が揺れているな」

老齢の武士の体が揺れていた。顔も眠っているように生気がないように見える。まるで、酒に酔っているようだ。それにしては、隙がなかった。

老齢の武士と対峙（たいじ）している大柄な武士は青眼に構えていたが、斬り込めないでいた。むしろ、老人に押されているように見える。

イヤアッ！

突如、大柄な武士が裂帛（れっぱく）の気合を発した。気合で、老齢の武士の構えをくずそうとしたらしい。

だが、老齢の武士はすこしも動じなかった。ゆらりと立ったまま、表情も変わらなかった。

そのとき、大柄な武士の気合に誘発されたように、娘と対峙していた中背の武士が仕掛けた。鋭い気合を発しざま、青眼から真っ向へ斬り込んだ。

咄嗟（とっさ）に娘は懐剣をふるって、中背の武士の切っ先をはじいた。素早い動きだが、腰がくずれてよろめいた。娘は、中背の武士の強い斬撃に押されたのである。

すかさず、中背の武士は二の太刀をふるった。

振りかぶりざま袈裟（けさ）へ——。

その切っ先が、娘をとらえたかに見えたが、甲高い金属音がひびき、中背の武士の刀がはじかれた。

脇にいた老齢の武士が、娘に体を寄せざま刀を八相から袈裟に払い、中背の武士の切っ先をはじいたのだ。まさに、神速の太刀捌（たちさば）きである。

そのとき、大柄の武士が斬り込んだ。老齢の武士が刀を袈裟に払った一瞬の隙をついたのだ。

青眼から袈裟へ——。

ザクリ、と老齢の武士の左袖が裂けた。

老齢の武士は、慌てた様子で身を引いた。あらわになった左の二の腕から血が流れ出ている。

三

「ふたりに、助太刀するぞ!」

源九郎が声を上げて抜刀した。

「おお!」

菅井は左手で刀の鯉口(こいぐち)を切り、右手で柄(つか)を握って腰を沈めた。居合の抜刀体勢をとったのである。

源九郎は、八相に構えて大柄な武士の脇に走り寄った。年寄りとは思えない素早い動きで、構えにも隙がなかった。

源九郎につづいて、菅井も居合の抜刀体勢をとったまま、中背の武士にむかって体を寄せた。

タアッ!

源九郎は鋭い気合を発し、踏み込みざま斬り込んだ。

八相から袈裟へ——。一瞬の太刀捌きである。

その切っ先が、大柄な武士の肩から背にかけて斜に斬り裂いた。あらわになった武士の肌に血の線がはしり、ふつふつと血が噴いた。だが、皮肉を薄く裂いただけである。

源九郎は事情が分からなかったので、深手を負わせなかったのだ。

大柄な武士は一瞬棒立ちになったが、次の瞬間、脇へ跳んだ。そして、間合を大きくとると、切っ先を源九郎にむけた。

このとき、菅井も中背の武士に居合の一撃をみまっていた。中背の武士の右袖が裂け、右の二の腕が、真っ赤に染まっている。菅井も致命傷を与えないように、武士の腕を狙ったらしい。

「引け、引け！」

大柄な武士が、後じさりながら叫んだ。

他のふたりの武士も後じさり、老齢の武士と娘から離れると抜き身を手にしたまま走りだした。

源九郎と菅井は、追わなかった。

三人の武士は、神田川沿いの通りを大川の方へむかって逃げていく。

その場に集まっていた野次馬たちのなかから、「逃げたぞ！」「ざまァねえや！」などという声が上がった。そのなかには、源九郎と菅井の名を口にする者もいた。伝兵衛店の住人であろう。

源九郎が刀を鞘（さや）に納めると、老齢の武士が近寄り、

「華町どのではござらぬか」

と、源九郎の顔を見つめながら訊いた。

「いかにも、華町だが」

源九郎も老齢の武士の顔を見た。どこかで見たような顔だが、思い出せない。

「わしは、戸坂（とさか）だ。戸坂市三郎（いちさぶろう）だよ、士学館でいっしょだった」

老齢の武士が、懐かしそうな顔をして言った。

「おお、戸坂か！」

源九郎は、思い出した。士学館で鏡新明智流の修行をしていたころ戸坂も士学館に入門し、共に稽古に励んだ兄弟弟子であった。

ところが、戸坂は源九郎より先に道場をやめてしまった。戸坂は御家人の次男坊だったので、剣で身を立てるために廻国修行の旅に出たと耳にしたが、江戸を発った後のことは何も聞いていなかった。それから数十年もの時が流れ、源九郎は戸坂のことなどすっかり忘れていた。

「この辺りに、華町どのが住んでいると聞いてな。彩乃（あやの）といっしょに来てみたのだ」

そう言って、戸坂が脇に立っている娘に目をやった。

「彩乃です」

娘が、源九郎に頭を下げた。

まだ、十二、三であろうか。武家の娘らしいが、まだ子供らしさが残っていた。色白で鼻筋がとおり、花弁のような唇をしていた。その顔がこわばり、体がかすかに顫(ふる)えていた。真剣勝負の気の昂(たかぶ)りと恐怖が、まだ残っているらしい。

「わしに用があって来たのか」

源九郎が訊いた。

「いろいろ話がある」

「ここで、立ち話をつづけるわけにはいかないな」

源九郎は周囲に目をやった。

野次馬たちの多くはその場を離れたが、菅井と平太、それに伝兵衛店の住人たちが何人も、源九郎たちのそばに集まって聞き耳をたてていた。そのなかには、源九郎の仲間の茂次(しげじ)と孫六(まごろく)の姿もあった。

「わしの家は長屋だが、来るか」

源九郎が訊いた。

「華町どのの住む長屋がはぐれ長屋と呼ばれ、これまで多くのひとを助けてきたと聞いて訪ねてきたのだ」

戸坂が声をひそめて言った。

「そ、そうか」

源九郎の顔が赭黒く染まった。

伝兵衛店には、その道から挫折した職人、その日暮らしの日傭取り、大道芸人、食い詰め牢人などのはぐれ者が多く住んでいた。それで、伝兵衛店ではなく、はぐれ長屋と呼ぶ者がいたのだ。源九郎も菅井も、はぐれ者のひとりである。

また、源九郎たちは長屋で起こった事件だけでなく、無頼牢人に脅された商家の用心棒に雇われたり、勾引かされた娘を助け出して礼金を貰ったりしてきた。人助けと用心棒をかねたような仕事で余録を得てきたのである。それで、源九郎たちのことをはぐれ長屋の用心棒などと呼ぶ者がいた。

「ともかく、長屋へ来てくれ」

源九郎は戸坂と彩乃を連れ、はぐれ長屋にむかった。

源九郎たちの後を菅井と平太、それに長屋の住人たちがぞろぞろと付いてき

た。源九郎は、長屋の家の前まで来ると、
「菅井と平太も、家に帰ってくれ」
と、近くにいた長屋の住人たちにも聞こえる声で言った後、菅井に身を寄せ
「後で、話す」と小声で言い添えた。源九郎は、長屋の者を交えずに戸坂と話し
たかったのだ。

四

源九郎は、戸坂と彩乃を座敷に上げ、

「茶を出したいが、湯が冷めてしまったのでな。我慢してくれ」

と言って、腰を下ろした。

「戸坂どのは、わしを訪ねてきたと言ったな」

源九郎が声をあらためて訊いた。

「そうだ。頼みがあってな。華町どのたちの手を借りたいのだ」

戸坂が言うと、脇に座っていた彩乃が、源九郎に頭を下げた。

「話してくれ」

源九郎は、戸坂が華町どのたちと口にしたのを聞いて、長屋の者たちもかかわ

ることではないかと思った。

「実は、彩乃どのの父親の敵を討つために、わしらは上州から江戸に出てきたのだ」

そう前置きして、戸坂が話し出した。

彩乃の父、笹沢弥左衛門は上州でも名の知れた馬庭念流の遣い手で、高崎の城下で道場をひらいていたそうだ。

馬庭念流の祖は、樋口太郎兼重と伝えられている。その後一時念流は廃れるが、樋口家七代目、樋口定次が再興し、以来上州馬庭の地に馬庭念流として隆盛した。笹沢も、馬庭の地で、修行したという。

一方、戸坂は、江戸の士学館で鏡新明智流を修行した後、廻国修行のために江戸を離れた。その後数年諸国を旅した後、高崎の笹沢道場で他流試合を挑んだ。ところが、戸坂は笹沢に呆気なく破れてしまった。

「わしは、その場で笹沢道場に入門を乞い、笹沢家の下働きを兼ねながら修行をつづけたのだ」

その後、戸坂は馬庭念流の腕を上げ、笹沢道場の師範代まで務めるようになったという。そして、笹沢道場に通っていた門弟の妹を嫁にもらい、上野国高崎の城下に家を構えた。

「わしは、高崎の地で一生暮らすつもりだった。ところが、三年前、城下で師匠の笹沢さまが暗殺された。……殺したのは一刀流の倉森権蔵という男で、他流試合で笹沢さまに勝ったと言い張っているが、わしも笹沢家の家族も倉森たちに暗殺されたとみている。その証拠に、相手は三人らしいのだ」

戸坂がさらに話したことによると、笹沢は私用で親戚の家に出かけた帰り、暗くなってから倉森たちに襲われた。襲ったのは、倉森を主とする一刀流を遣う三人組らしいという。

「倉森という男は、何者なのだ」

源九郎が訊いた。

「高崎城下にある一刀流の長塚道場の師範代をしていた男だ」

戸坂によると、高崎城下には馬庭念流の笹沢道場と長塚市之助の一刀流の道場があり、長年に渡って対立し、覇を競いあっていたという。

「それで、道場主の笹沢どのを暗殺したわけか」

「まちがいない」

戸坂が断定するように言った。

「しかし、暗くなってから道場の外で殺されたとなると、だれも他流試合ではなく、暗殺とみるのではないか」

「確かにそうだが、まだ、上州辺りでは、たとえ暗殺であっても斬られた者の技が劣るから破れたとみる者が多いのだ」

「うむ……」

源九郎は、それではどんな卑怯な手を使っても相手を殺せばいいことになると思ったが、口にしなかった。

「ところで、なぜ、道場の師範代だった倉森が笹沢どのを暗殺したのだ」

源九郎が、声をあらためて訊いた。襲ったのは三人だが、中心になったのは倉森らしい。

「はっきりしたことは分からないが、笹沢道場をつぶした後、新たに一刀流の道場をひらき、倉森を道場主にするつもりだったのではないかな」

「そういうことか」

源九郎はいっとき黙考していたが、

「ところで、ふたりが江戸に出てきたのは、どういうわけだ」

と、訊いた。笹沢が、倉森たちに殺されたのは、上州である。

「倉森たちは、ほとぼりが冷めるまで高崎城下に身を隠していたらしいが、半月ほど前、江戸から帰った者のなかに、倉森たちを江戸で見掛けたと話す者がいてな。……彩乃とふたりで、江戸に出てきたわけだ」

「笹沢どののお子は、彩乃どののおひとりか」

源九郎が訊いた。まだ子供らしさの残っている彩乃が、父の敵を討つために出府したことからみて、笹沢には他に子がいないのかもしれない。

「彩乃と呼んでください」

彩乃が、源九郎に言った。

「わしも師匠のお子を彩乃と呼んでいる。……彩乃が、どのなどと呼ばれると、決まりが悪いというのだ。それに、道場主の子と知れやすいからな」

戸坂が照れたような顔をして言った。

「それなら、わしも彩乃と呼ばせてもらおう。ところで、彩乃も馬庭念流を遣うのか」

「いや、小太刀や懐剣をよく遣う」

戸坂が言うと、

「いえ、まだ未熟で、倉森たちにはかないません」

彩乃の顔に、無念そうな表情があった。

「橋のたもとで、やりあった三人は、倉森たちか」

源九郎が声をあらためて訊いた。

「倉森はいたが、他のふたりは、高崎から江戸へ出た者ではない」

戸坂によると、倉森は大柄な武士で、他のふたりは初めて見る顔で名も分からないという。

倉森といっしょに高崎から江戸に出たふたりは、反町裕三郎(そりまちゆうざぶろう)と伊達市太郎(だていちたろう)で一刀流をよく遣うそうだ。

倉森もそうだが、ふたりも若いころ江戸の一刀流の道場に通ったことがあるそうだ。それで、倉森たち三人は、身を隠すつもりで出府したのではないかという。

「いずれにしろ、敵のひとり、倉森に逆に襲われたわけか」

「そうだ。華町どのたちが駆け付けてくれなかったら、わしと彩乃は倉森たちに討たれていたな」

戸坂が顔をしかめて言った。

「ところで、わしの手を借りるために来たとのことだが、見たとおり、わしは歳でな。役にはたてないぞ」

源九郎がもっともらしい顔をして言った。

「実は、江戸へ出てから華町どのたちの噂を耳にしたのだ。なんでも、この長屋には腕のたつ者が何人もいて、話によっては手を貸してくれるそうではないか」

戸坂が声をあらためて言った。

「腕のほどは分からないが、頼まれれば……」

源九郎は語尾を濁した。

「どうだ、手を貸してくれんか」

そう言って、戸坂は懐から財布を取り出すと、

「十両、用意した。これで、頼みたいのだが」

小判を十枚手にし、源九郎の膝先に置いた。

「か、敵討ちとなるとな」

源九郎は迷った。

敵討ちの助太刀となると、長屋の者たちには荷が重い。下手をすると、助太刀するどころか、返り討ちに遭うだろう。

「十両では少ないか」

戸坂が、困惑したような顔をした。

「いや、少ないというわけでは……」

源九郎はそう言ったが、あまりにも少なかった。用心棒と呼ばれる仲間は、七人いる。七人で十両を分けると、ひとり頭一両とわずかである。命懸けの仕事をするには、少なすぎる。

「残っているのは、わしらが暮らすだけの金でな」

戸坂が困惑したような顔をした。

すると、脇で戸坂と源九郎のやりとりを聞いていた彩乃が、

「わたしが、着物を売ります」

と、小声で言った。

「い、いや、これで、十分」

源九郎は、慌てて膝先に置かれた小判を手にした。娘に着物まで売らせて、金を出させることはできなかった。それに、仲間たちが渋るようであれば、菅井とふたりだけで手を貸してもいいと思ったのだ。

戸坂は源九郎が小判を財布にしまい終わるをの待って、

「もうひとつ、頼みがある」

と、戸惑うような顔をして言った。

「なんだ」

源九郎の財布を握った手が空にとまった。

「実は、わしと彩乃の寝泊まりする家がないのだ」

「家がないと」

「そうだ」

「江戸に出てから、どこに泊まっていたのだ」

源九郎は、戸坂たちが江戸へ出てきたばかりとは思えなかった。

「わしの実家に泊まっていたのだが……。実家といっても、四十年ちかくも家を出たままだからな。どうも、居心地が悪い。それに、家を継いだ兄は死んでいてな、いまは甥が戸坂家の当主なのだ」

戸坂が、渋い顔をして言った。

「そうか」

源九郎は、戸坂の立場が理解できた。源九郎も家を出て、長屋暮らしをしていたからである。

「大家に訊いてもいいが」

大家の伝兵衛は、長屋近くの借家に老妻のお徳とふたりで住んでいた。伝兵衛は源九郎を信頼していて、長屋で何かあると源九郎と相談することが多かった。源九郎が頼めば、あいている長屋の家に戸坂たちを住まわせてくれるだろう。

「それはありがたい。わしはいいが、彩乃どのを野宿させることはできんからな」

戸坂がほっとした顔をした。

戸坂と彩乃は、伝兵衛店でしばらく暮らすことになった。一月ほど前、手間賃稼ぎの大工が、妻子とともに長屋を出た後、その家が空いたままになっていた。伝兵衛は源九郎から話を聞くと、すぐに空いている家に戸坂たちが住むことを承諾したのだ。

ただ、戸坂は彩乃とひとつの部屋に寝泊まりすることは避けたかったらしく、

「華町どの、敵討ちが済むまで、いっしょに寝起きさせてくれんか」

と、源九郎に頼んだ。

「構わないが、煩いぞ」

源九郎は、菅井をはじめ長屋の連中が頻繁に出入りすることを話した。

「わしは、気にせん」

戸坂によると、笹沢道場の師範代をしていたとき、多くの門弟たちが家に出入りしていたので、煩いのには慣れているという。

そうしたことがあって、彩乃と戸坂は別々の家で寝起きすることになった。それでも、同じ長屋なので、ふたりは何かあるごとに行き来しているようだった。

五

戸坂と彩乃が、はぐれ長屋に住むようになってから二日後、源九郎は戸坂と朝めしを食った後、

「おぬしに訊きたいことがあるのだがな」

と、話しかけた。

「なんだ」

「橋のたもとで倉森たちと闘ったとき、妙な剣を遣ったな」

源九郎は戸坂が八相に構えたとき、体が揺れているのを目にした。それだけでなく、顔も眠っているように生気がないように見えたのだ。

「八相に構えたときか」

「そうだ」

「あれは、真剣で敵と対峙したときにな、恐怖心を起させないために己の心を無にするためだ」

「どういうことだ」

「真剣勝負で敵と切っ先をむけ合うと、斬られるのが怖くて、どうしても腰が引けてしまう」

「そうだな」

源九郎がうなずいた。源九郎のように多くの真剣勝負を経験した者であっても、切っ先をむけ合ったときは恐怖を覚える。

「他流もそうだろうが、笹沢道場では敵と真剣で立ち合うときに、斬られるのを恐れて腰が引けないようにいろいろな稽古をしている」

戸坂によると、頭に布を厚く重ねた物をかぶって木刀で打たせたり、樫の厚い板を頭にくくりつけて、真剣で斬り込ませたりするという。

「実戦のための稽古か」

江戸の剣術道場の多くは、門弟たちに防具を着けさせ、竹刀で打ち合う稽古が中心だった。真剣を遣っての稽古はほとんどない。流派によって違うが、真剣を遣うのは型稽古のときぐらいだろう。

「そうだ」

「おぬしは、倉森たちと闘ったときも敵の真剣を恐れないために心を無にしたのか」

「果たして無にできたかどうか……」

戸坂は語尾を濁らせた。

「その術は、馬庭念流にあるものか」

「いや、ない。……わしが工夫したものでな。酔剣と呼んでいる。酒に酔っているように体が揺れるからな」

「酔剣だと！」

そういえば、酒に酔っているように見えた。

「こう話すと、まるで剣の奥義のように聞こえるが、どうということはないのだ。体の力を抜いて、遠くの山を見るように敵を見、何も考えないようにしているだけなのだ」

「遠山の目付か」

源九郎も、遠山の目付のことは知っていた。視線を敵の一点にむけないで、遠山を見るように敵をとらえる。そうすることで、敵の斬り込みの気配を察知できるのだ。

「遣い手なら気合や殺気で、わしの酔剣も破れような」

戸坂が苦笑いを浮かべて言った。

　そのとき、戸口に足音がし、

「華町の旦那、いやすか」

　と、茂次の声がした。

　茂次も源九郎たちの仲間のひとりである。お梅という女房と長屋に住んでいた。まだ、子供はいない。

　茂次は研師だった。若いころ刀槍を研ぐ師匠に弟子入りしたのだが、師匠とうまくいかずに飛び出し、いまは裏路地や長屋などをまわって包丁や鋏などを研いで暮らしをたてていた。頼まれれば、鋸の目立てもやった。茂次も、その道から外れたはぐれ者のひとりである。

「どうした、茂次」

　源九郎が訊いた。

「ちょいと、気になることを耳にしたんでさァ」

「気になるとは」

「井戸端で、お熊とおまつが話してたのを耳にしたんですがね。長屋の路地木戸のところで、おまつが、二本差しにつかまっていろいろ話を訊かれたようでさァ」

茂次が口早に言った。

おまつは、お熊の隣に住む日傭取りの女房である。亭主が同じ日傭取りのせいもあって、お熊とおまつは、顔を合わせるとおしゃべりを始める。

「どんな話だ」

源九郎も気になった。

「その二本差しは、この長屋に年寄りの武士と娘が住んでいないか訊いたそうで」

茂次が、戸坂に目をやりながら言った。

「わしらのことか」

戸坂が身を乗り出した。

「どうやら、戸坂どのたちを探りにきたようだな」

源九郎は、倉森に味方する者が戸坂と彩乃の居所を探りにきたのではないかとみた。

「それで、おまつは何と答えたのだ」

「聞いてねえ。お熊たちは井戸端にいるんで、呼んできやす」

そう言い残し、茂次は戸口から飛び出した。

待つまでもなく、茂次がお熊とおまつを連れてきた。

「おまつ、いま茂次から聞いたのだがな。路地木戸のところで、武士に戸坂どのたちのことを訊かれたそうだな」

源九郎がおまつに訊いた。

「そうなんですよ。あたしが、八百屋から帰ってくると、路地木戸のところにお侍がいてね。戸坂の旦那たちのことを訊いたんですよ」

おまつが口早に喋(しゃべ)った。

「何を訊かれた」

「戸坂の旦那と彩乃という娘さんが、長屋にいないか訊いたんです。……あたし、知らないって言ってやりました」

おまつが、口をとがらせて言った。

「おまつ、それでいいぞ。しばらく、戸坂どのたちが、長屋にいることは隠しておきたいのでな」

源九郎が言うと、

「華町の旦那、いつまでも隠しておけないよ」

お熊が眉を寄せて言った。

「ほかにも、何かあったのか」

「おとよさんも、長屋の近くでお侍に戸坂の旦那たちのことを訊かれたと言ってたよ。おとよさんも、知らないって言ったらしいけど」

おとよは、ぼてふりの女房だった。

「そうだな」

源九郎も、戸坂たちのことを隠しておくのはむずかしいと思った。

六

本所松坂町の回向院の近くに、亀楽という縄暖簾を出した飲み屋があった。はぐれ長屋と近かったこともあり、源九郎たちは亀楽を贔屓にしていた。亀楽はちいさな店で、あるじの元造と手伝いにきているおしずのふたりだけでやっている。おしずは、平太の母親である。

元造は寡黙な男で、いつも仏頂面をしていた。ただ、源九郎たち長屋の者には何かと気を使ってくれ、頼めば他の客をことわって貸し切りにしてくれた。それに、酒が安価で肴も旨かった。

この日、亀楽には、源九郎たち七人の仲間が顔を揃えていた。源九郎が茂次と平太に言伝を頼み、仲間たちを亀楽に集めたのである。

集まった七人は、源九郎、菅井、茂次、平太、孫六、三太郎、それに最近仲間にくわわった安田十兵衛である。

「元造、肴はあるものでいいぞ」

源九郎が声をかけた。

「へい」

元造は仏頂面をして応え、すぐに板場に入ってしまった。

その元造と入れ替わるように、おしずが銚子と猪口を運んできた。

「肴は、すぐに用意しますからね」

おしずはそう言い残し、いったん板場にもどった。

いっときして、おしずと元造が運んできたのは、漬物と鰯の煮付けだった。ふたりが肴を飯台の上に置いて板場にもどると、

「まずは、一杯やってからだ」

源九郎がそう言って、脇に腰を下ろした孫六の猪口に酒を注(つ)いでやった。

「ありがてえ、ここで、みんなで飲む酒はうめえからな」

孫六が嬉しそうな顔をして言った。

孫六は七人のなかではもっとも年上で、還暦はとうに過ぎていた。無類の酒好きだったが、いっしょに住んでいる娘夫婦に子供がいることもあって気兼ねし、長屋では飲まないようにしていた。こうやって、源九郎たちと亀楽で飲むのを楽しみにしていたのだ。

孫六は、長屋に越してくるまでは番場町(ばんばちょう)に住んでいて、番場町の親分と呼ばれていた岡っ引きだった。ところが、痛風を患い、すこし足が不自由になったこともあって岡っ引きをやめ、娘夫婦のところに越してきたのである。

「みんなに集まってもらったのは、長屋に越してきた戸坂どのと彩乃どののことだ」

源九郎がふたりの名を口にすると、

「ふたりは、旦那の知り合いですかい」

孫六が訊いた。

「むかし、戸坂どのと同じ道場で稽古したことがあるのだ」

「あの娘は、戸坂の旦那の娘じゃァあるめえ」

孫六が、探るような目を源九郎にむけて訊いた。

「剣術の道場主の娘らしい」

源九郎は、ふたりが高崎から来たことを掻い摘んで話した。

源九郎が話し終えると、これまで黙って聞いていた安田が、

「お熊から、ふたりを探っている武士がいると聞いたぞ」

と、口を挟んだ。

安田は牢人だった。まだ、はぐれ長屋に越してきてから一年ほどしか経っていない。御家人の次男だが、家を飛び出し、長屋で独り暮らしを始めたのだ。ふだん、口入れ屋で普請場の力仕事や桟橋の荷揚げなどの力仕事を斡旋してもらって口を糊していた。源九郎や菅井と同じように独り暮らしである。

「その武士が、戸坂どのたちを狙っている節があるのだ」

源九郎はそう言った後、

「安田は、一刀流だったたな」

と、念を押すように訊いた。

源九郎は戸坂から、笹沢を斬った倉森たちは一刀流を遣うと聞いていたのだ。

「まァな」

「長屋にいる戸坂どのと彩乃を襲ったのは、倉森権蔵たちだが、いずれも一刀流を遣うらしいのだ」

源九郎は、反町と伊達の名も口にした。

「三人とも、聞いたことがないな。どこの道場だ」

「それが、高崎にある道場でな。長塚市之助という男が、道場主らしい。倉森は師範代だったようだ」

「上州か。……長塚道場の名は聞いたような気もするが、はっきりしない」

安田は首をひねった。

「そうか」

江戸から離れた上州のことなので、安田が知らないのも無理はない、と源九郎は思った。

そのとき、黙って聞いていた菅井が、

「戸坂どのと彩乃は、何のために高崎から江戸へ出てきたのだ」

と、訊いた。

「殺された彩乃の父親、笹沢弥左衛門どのの敵を討つためだ」

源九郎はそう言って、戸坂から聞いたこれまでの経緯をひととおり話した。

その場にいた男たちは、驚いたような顔をして源九郎の話を聞いていたが、

「あっしらには、敵討ちの助太刀なんてできねえ」

孫六が、眉を寄せて言った。

すると、茂次、三太郎、平太の三人も、困惑したような顔をして肩を落とした。自分たちの仕事ではない、と思ったようだ。

「孫六たちに、敵討ちの助太刀を頼むわけではないぞ」

源九郎が言った。

「あっしらは、何をやればいいんで」

茂次が訊いた。

「そうだな。とりあえず、長屋を探っている武士がいるらしいので、そやつの名と居所を探ってもらいたいが」

「そのことなら、お熊たちに聞きやした」

これまで黙っていた三太郎が、小声で言った。

三太郎は、おせつという女房と二人暮らしだった。生業は砂絵描きである。三

太郎は染め粉で染めた砂を色別にちいさな袋に入れて持ち歩き、人出の多い寺社の門前や広小路などの片隅に座り、掃き清めた地面に水を撒き、色砂をたらして絵を描いて見せる。見物人は、うまく描けたと思うと、銭を投げてくれるのだ。大道での見世物である。そうした生業のせいもあって、三太郎はいつもむっつりしている。

「それなら、できるな」

すぐに、茂次が言った。

七

「華町の旦那、お手当ては」

孫六が揉み手をしながら訊いた。すでに、酒が体にまわったらしく、顔が赭黒く染まっている。

源九郎たち七人はこれまで様々な人助けの仕事をしてきたが、いつも相応の依頼金や礼金をもらっていた。

「ここにある」

源九郎は財布を手にし、「十両ある」と言って、小判十枚を取り出し、飯台の上に置いた。

「七人で、十両を分けるんですかい」

孫六が訊いた。顔の笑みが、消えている。

「そうだ」

「ひとり、一両ほどか」

茂次が、がっかりしたような顔をした。

菅井や安田の顔にも、落胆の色があった。命懸けの危ない仕事である。それに、いつ終わるか分からない。一両では、割に合わないと思ったようだ。

「十両では不服か」

「不服ってえわけじゃァねえが……」

茂次が、肩を落として言った。他の男たちは黙ったまま、飯台の上に置かれた小判に目をやっている。

「ひとりに一両ずつ渡し、残った三両は、みんなの酒代にしようと思っているのだ。三両あれば、しばらく金の心配をせずに飲めるからな」

源九郎が言った。

すると、孫六が急に身を乗り出し、

「あっしは、やりやすぜ。年寄りと子供が、敵討ちのために高崎から江戸まで出てきたんだ。それに、ふたりは伝兵衛店に住んでるんですぜ。……銭じゃァねえ。ふたりに手を貸してやろうじゃァねえか」

と、向きになって言った。

茂次、平太、三太郎の三人は、渋い顔をしたまま孫六に目をやった。茂次たちは、孫六が急にやる気になったのは、酒につられたせいだと知っているのだ。

そのとき、菅井が、

「おれもやるぜ」

と、つぶやくような声で言った。細い目が、ひかっている。菅井はひとりの剣客として、戸坂の遣う酔剣や倉森らの遣う一刀流の剣に興味をもったのかもしれない。

「菅井どのがやるなら、おれもやる」

安田が言った。

「あっしもやりやす。戸坂の旦那たちは、同じ長屋に住んでるんだ。金がすくねえと言って断ったんじゃァ、長屋のみんなに顔がたたねえ」

茂次につづいて、平太と三太郎も、やる、と言い出した。

「これで決まった」

源九郎は一両ずつ男たちの前に置き、自分の分け前と残った三両を財布に入れた。

「さァ、今夜は銭の心配をせずに飲んでくれ」

源九郎が男たちに言った。

「酒の追加だ！」

孫六が声を上げた。

新たに酒がとどき、源九郎たち七人がいっとき飲んだとき、

「とりあえず、おれたちは何をやるのだ」

と、安田が源九郎に訊いた。

その声で、男たちはおしゃべりをやめ、源九郎と安田に顔をむけた。孫六だけが赭黒い顔をして、猪口をかたむけている。

「先ほど、すこし話したが、わしらのやることはふたつある。ひとつは、長屋にいる戸坂どのたちを守ることだ。長屋を探っている者たちは、戸坂どのと彩乃の命を狙っている節がある」

源九郎が言った。

「そうかもしれん」

安田がうなずいた。

「もうひとつは、倉森たちの居所を探ることだ。居所が知れれば、戸坂どのと彩乃に助太刀して、敵を討たせることができるからな」

「敵討ちの助太刀か」

安田がそう言ったとき、源九郎と安田のやり取りを聞いていた茂次が、

「長屋の様子を探っているやつの跡を尾ければ、倉森の居所がつかめるかもしれねえ」

と、目をひからせて言った。

「さすが、茂次だ。いいところに目をつけたな」

源九郎が、感心したような顔をした。

「あっしと平太とで、長屋を探っているやつがいねえか、目を配りやすぜ」

「そうしてくれ。……ただ、深追いは、するなよ。向こうも跡を尾けられていないか、気を配っているはずだ」

「油断はしませんや」

茂次が顔をひきしめて言った。

その日、源九郎たちは、亀楽で夜更けまで飲んだ。店から出ると、降るような星がかがやいていた。微風のなかに秋の気配を感じさせる涼気があり、酒で火照った肌に心地好く染みた。

茂次と孫六は何か話しながら歩き、ときどき下卑た笑いを上げた。何か卑猥な話でもしているらしい。平太と三太郎は、こそこそと何か話している。源九郎、菅井、安田の三人は、平太たちの後ろにいた。

源九郎たち七人は、人影のない路地をはぐれ長屋へむかって歩いていた。

「華町、一ツ目橋のたもとで、戸坂どのは妙な構えをとったな」

菅井が歩きながら言った。

「戸坂どのから聞いたのだがな。酔剣と呼んでいるそうだ」

「酔剣だと」

そう言った後、菅井は脇を歩いている安田に、

「酔剣と呼ばれる刀法を聞いたことがあるか」

と、訊いた。

すると、安田ではなく、源九郎が答えた。

「戸坂どのに聞いたのだが、酔剣は刀法というより構えだな。戸坂どのが、独自

に工夫したものらしい」

「おれも、酔剣という構えは聞いたことがない。いったいどんな構えだ」

安田の声が大きくなった。酔剣と呼ばれる構えに、興味をもったらしい。

「戸坂どのの話では特別な構えではなく、真剣勝負のおりに、己の心を平静に保つためのものだそうだ」

そう前置きして、源九郎は戸坂から聞いた酔剣の構えのことを話した。

「真剣勝負のおりに、己の心を平静に保つための構えか。たしかに、真剣勝負のおりは気が昂り、平静ではいられないからな」

安田が感心したように言った。

「おれには、あまり役にたたん。おれは居合だ。刀を構えるときは、勝負がついていることが多いからな」

菅井がつぶやくように言って、すこし足を速めた。いつの間にか、はぐれ長屋の近くまで来ていた。

長屋はひっそりと寝静まっていた。洩れてくる灯もなく、深い夜陰につつまれている。

第二章　用心棒たち

一

「華町どの、彩乃と剣術の稽古をしたいのだがな」

戸坂が言った。

源九郎と戸坂は遅い朝餉を終え、ふたりで茶を飲んでいたのだ。

「ふたりとも一日中家に閉じこもっているわけには、いかないからな。ただ、稽古をやる場所がないぞ」

「どんな場所でもいい」

「空き地があるには、あるのだが……」

長屋の近くに、狭い空き地があった。ふだん、長屋の子供たちの遊び場になっている。源九郎たちは剣術の稽古をするおり、その空き地を使うことがあった。ただ、通りから空き地は、まる見えだった。それに、長屋に入らずに、空き地にいる者を襲うことができる。倉森たちの目にとまって襲われれば、戸坂と彩乃を守りようがない。

「いや、場所は狭くていい。長屋の脇の草地でいいのだ」

戸坂が、ふたりで木刀を打ち合うような稽古ではなく、素振りや構えだけでいいと話した。

「それなら、この棟の脇を使うといい」

伝兵衛店は、棟割り長屋が四棟並んでいた。源九郎の住む棟の脇に、雑草に覆われた狭い空き地があった。狭くて、ふたりが構え合って打ち込みはできないが、素振りをしたり、構え合ったりする広さはある。

「彩乃に話してこよう」

戸坂が腰を上げた。

いっときすると、戸坂が彩乃を連れてもどってきた。彩乃は懐剣を手にしている。どういうわけか、菅井も姿を見せた。

「戸坂どのたちの姿を見かけたのでな。来てみたのだ」

菅井が言った。

「行くか」

源九郎が先に立って、棟の脇にむかった。

空き地は長屋の住人もあまり踏み込まないので、膝ほどの高さの雑草に覆われていた。

「これでは、素振りもできんな」

源九郎は、「先に草を取ろう」と戸坂たちに声をかけた。

源九郎たち男三人は、小袖の裾を帯に挟んで尻っ端折り（しりばしょり）し、雑草を引き抜き始めた。彩乃も懸命に雑草を取っている。

しばらくすると、長屋の子供たちが、二人、三人と集まってきた。草取りをしている源九郎たちの声を耳にしたらしい。子供たちは空き地の脇に立って、物珍しそうに源九郎たちを見つめている。

「おい、見てないで、手伝え」

源九郎が声をかけると、

「草取りだぞ！」

と言って、年嵩（としかさ）の太助（たすけ）という子が、草を取り始めた。すると、その場に集まっていた子供たちが、雑草のなかに入って争うように草を引き抜いた。

草取りが終わると、源九郎が、

「踏み固めてくれ」

と、子供たちに声をかけた。

子供たちは面白がって地面を踏んだり、飛び上がったりして、雑草を引き抜いた後の地面を固めた。

小半刻（三十分）もしないうちに、空き地は綺麗になった。源九郎が思っていたより、空き地はひろかった。これなら、ふたりで向き合って、打ち込みもできそうだ。

「助かった。ここで、剣術の稽古をするからな、見たいなら、すこし離れろ」

源九郎が声をかけると、子供たちは空き地から出て長屋の棟の脇に身を寄せた。

源九郎、菅井、戸坂、彩乃の四人が、綺麗になった空き地のなかに立った。彩乃は両袖を襷で絞り、小袖の裾を帯に挟んだ。足袋に草鞋履きである。

「まず、素振りからだ」

戸坂が、源九郎たちにも聞こえる声で言った。

戸坂と源九郎は、真剣を手にして素振りを始めた。彩乃は、短い気合を発しながら懐剣を振っている。菅井だけは空き地の隅に立って戸坂たちを見ていたが、いっときすると、居合の抜刀の稽古を始めた。見ていることに飽きたらしい。

子供たちもそうだった。しばらく、空き地の隅にかがんで戸坂たちの稽古の様子を見ていたが、素振りだけなので飽きたらしく、ひとり去りふたり去りして、だれもいなくなった。

「素振りは、これまでだな」

戸坂が彩乃に声をかけた。

「はい」

彩乃は懐剣を下ろし、手の甲で額に浮いた汗をぬぐった。色白の顔が、朱に染まっている。

源九郎は刀を鞘に納めると、空き地の隅に身を引いた。これから先は、戸坂たちの稽古を見るだけにするつもりだった。

「彩乃、前に倉森がいると思って斬り込め」

戸坂が言った。

「はい！」

彩乃は懐剣を振り上げ、短い気合とともに踏み込んで斬りつけた。繰り返し繰り返し、彩乃は同じ斬り込みをつづけた。これまでも、同じ稽古をしていたらしく、懐剣の捌き(さば)きや踏み込みに無理がなかった。

一方、戸坂は八相に構えた。そして、目を細めた。眠っているような顔付きである。体も揺れていた。酔剣の構えである。

ふいに、戸坂は鋭い気合を発しざま、刀を八相から袈裟(けさ)に払った。対峙(たいじ)している敵を脳裏に描いて斬り込んだらしい。

彩乃は対峙している敵を想定して懐剣をふるい、戸坂は酔剣からの斬り込みをつづけた。

しばらくすると、彩乃の構えや斬り込みが乱れてきた。疲労のせいらしい。それでも、彩乃は懐剣での斬り込みをやめなかった。歯を食いしばり、顔をつたい流れる汗を拭いもせず、懐剣をふるいつづけている。彩乃は、父を斬った憎い倉森を脳裏に描いて闘っているのだろう。

彩乃の体がふらついてきたとき、

「彩乃、これまでだ」

戸坂が声をかけた。

「は、はい」

彩乃は懐剣を納めた。顔をつたう汗を手の甲でぬぐいながら、荒い息をついている。

陽は頭上にあった。九ツ（正午）ちかいのではあるまいか。

「彩乃、今日はわしのところで、いっしょに昼めしを食わんか」

源九郎が彩乃に声をかけた。

二

「どうだ、今日も稽古をやるか」

源九郎が戸坂に訊いた。

ふたりが朝餉を食べて、いっとき経っていた。彩乃も朝餉を終えているはずである。彩乃の家には、お熊たちが顔を出し、めしの支度をしたり、湯に連れて行ったりして世話を焼いていた。むろん、彩乃自身でめしを炊くこともある。

源九郎は七人で分けて残った三両のうち、わずかだがお熊たちに渡してあった。そんなことをしなくても、お熊たちは彩乃の世話を焼いただろうが、源九郎のお熊たちに対するお礼の気持ちだった。

「そのつもりだ」

戸坂が、「そろそろ、空き地に行くかな」と言って、腰を上げようとした。そのとき、戸口に走ってくる下駄の音がした。ひどく慌てているようだ。

「華町の旦那！　大変だよ」

お熊の声がし、荒々しく腰高障子があいた。お熊は肩で息をし、顔を赭黒く染めていた。走ってきたらしい。

「どうした」

「な、長屋の路地木戸のところに、お侍がいるんだよ」

お熊が声をつまらせて言った。

「武士は、何をしている」

武士は、倉森たちの仲間だろう、と源九郎はみた。

「長屋の住人をつかまえて、話を訊いてるようだよ」

「長屋を探っているのだな」

武士は、長屋に戸坂と彩乃がいるかどうか探っているらしい。

「だ、旦那、どうするんだい。あいつは、長屋に踏み込んでくるかもしれないよ」

お熊が、心配そうな顔をして訊いた。

「すぐに、踏み込んでくるようなことはない」

源九郎が、はっきりと言った。ひとりで踏み込んでくるとは、思えなかった。踏み込んでくるのは、長屋に戸坂と彩乃がいることを確かめた上で、相応の人数を揃えてからだろう。

「放っておくのかい」

お熊が不服そうな顔をした。

「お熊、心配するな。手は打ってある」

源九郎が言った。茂次と三太郎が、路地木戸の近くに身を隠し、うろんな武士があらわれたら跡を尾けることになっていたのだ。

そのとき、茂次と三太郎は、路地木戸の斜向かいにある仕舞屋の脇に身を隠していた。

「おい、見ろ。あの二本差し、おしまを呼びとめたぞ」

茂次が声をひそめて言った。

武士は、路地木戸から出てきたおしまに近寄って声をかけたのだ。

「戸坂の旦那たちを探っているにちげえねえ」

三太郎は、おしまと話している武士を見すえて言った。おしまは、武士に何か訊かれて答えているようだった。

武士はおしまと何やら話した後、路地木戸のそばから離れて竪川の方へ足をむけた。おしまは、長屋の近くにある八百屋の方へ歩きだした。

「三太郎、二本差しの跡を尾けるぜ」

茂次と三太郎は、仕舞屋の脇から通りへ出た。

武士は一町ほど先を歩いている。その通りは、ぽつぽつと人影があった。武士の姿はすくなく、ぼてふり、子供連れの女、風呂敷包みを背負った物売り、町娘など町人がほとんどである。

茂次たちは、足を速めた。前を行く武士との間をつめようとしたのだ。

前を行く武士は、竪川沿いの通りに突き当たると、左手におれた。川沿いの道を歩いていく。

「三太郎、走るぞ」

茂次は走りだした。武士の姿が見えなくなったからである。三太郎も走り、茂次についてきた。

茂次は竪川沿いの通りに出ると、左手に目をやった。

「あそこだ」

茂次が指差した。

半町ほど先に、武士の後ろ姿が見えた。竪川沿いの道を東にむかって歩いている。武士は、後ろを振り返らなかった。茂次たちの尾行に気付いていないらしい。

竪川沿いの道は、人通りが多かった。茂次たちは武士との間をすこしつめた。近付いても気付かれる恐れがなかったからだ。

前方に竪川にかかる二ツ目橋が見えてきた。

武士は橋のたもとまで来ると、左手におれた。そこに、通りがあるのだ。茂次と三太郎は、また走った。

茂次たちは二ツ目橋のたもとまで来ると、左手の通りに目をやった。武士は、ゆっくりとした足取りで歩いていた。そこは武家地で、通りの左右に武家屋敷がつづいていた。旗本や御家人の屋敷である。

茂次と三太郎は、武家屋敷の築地塀(ついじべい)や路傍の樹陰などに身を隠しながら、武士の跡を尾けた。その通りは供連れの武士や中間(ちゅうげん)などを見掛けるだけで、町人の姿はほとんどなかった。それで、茂次と三太郎の姿は人目を引くのだ。

通りは御竹蔵の裏手につづいていた。前を行く武士は、御竹蔵の裏手にある武家屋敷の表門の前で足をとめた。御家人の屋敷らしく、木戸門だった。

武士は、木戸門の門扉をあけてなかに入った。

「やつの屋敷だ」

茂次が足を速めた。三太郎も足を速め、茂次の後についてきた。

武士の入った屋敷は、粗末な板塀でかこわれていた。五十石ほどの御家人の屋敷ではあるまいか。

茂次と三太郎は、板塀のそばまで来て足をとめた。そして、板塀に身を寄せて聞き耳をたてた。

屋敷のなかから、障子のあけしめする音と話し声が聞こえた。話の内容は聞き取れなかったが、男と女の声であることは分かった。女は、いま屋敷に入った武士の妻かもしれない。

「どうしやす」

三太郎が訊いた。

「屋敷に入った二本差しの名を知りてえ」

茂次は、近くの屋敷に奉公する中間にでも訊けば知れるのではないかと思った。

三

茂次と三太郎は、旗本屋敷の築地塀の陰から通りに目をやっていた。茂次たちのいる場から半町ほど先に、跡を尾けてきた武士が入った屋敷がある。

茂次たちは、通りかかった中間か近所の屋敷に奉公する下働きの男でもつかまえて話を訊こうと思ったのだ。

「来ねえなァ」

茂次が生欠伸(なまあくび)を噛み殺して言った。茂次と三太郎がその場に身をひそめて半刻(一時間)ほど経つが、話の聞けそうな男は通りかからなかった。

「そのうち、来やすよ」

三太郎が間延びした声で言った。三太郎はふだん大道に長い時間とどまって砂絵を描いていることもあって、悠長なところがあった。長い間じっとしていることも、あまり苦にならないようだ。

それから小半刻ほどしたときだった。

「おい、来たぞ」

茂次が身を乗り出して言った。

見ると、中間がふたり、何やら話しながら歩いてくる。

「おれが、ふたりに訊いてみる」

茂次は路地から通りに出た。三太郎は、すこし間を置いてから築地塀を離れた。

「ちょいと、すまねえ」

茂次が、ふたりの中間に声をかけた。

「あっしらかい」

年嵩と思われる中間が、足をとめて訊いた。もうひとりの痩身の男も足をとめ、不審そうな目を茂次にむけた。

「訊きてえことがあってな」

茂次が言った。

「何を訊きてえ」

「いま、そこのお屋敷にお侍が入(へえ)ったんだが、おれが昔、奉公したお方にそっくりだったのよ。奉公したのは半年ほどの間で、よく覚えてねえがな」

茂次は、屋敷に入った武士のことを訊くために適当な作り話を口にしたのだ。

「伊東さまかい」

年嵩の男が言った。どうやら、屋敷に入った武士の名は、伊東という名らしい。

「そうだ、伊東さまだ。確か、お役柄は……」

茂次は首をひねった。

「何の役にもついてないと聞いてるぜ」

そう言って、年嵩の男は脇に立っている痩身の男に目をやった。

「伊東さまは、親の代から非役だよ」

痩身の男が、薄笑いを浮かべて言った。

「おれの知ってる伊東さまは、剣術道場に通っていたな」

茂次は、伊東と倉森のかかわりを訊くために、剣術道場のことを口にしたのだ。

「そういえば、伊東さまは剣術の遣い手らしいな」

年嵩の男は、急に不審そうな顔をして、

「おめえ、伊東さまのことを根掘り葉掘り訊くが、ほんとに、伊東さまに奉公したことがあるのかい」

　そう言うと、瘦身の男に、「いくぜ」と声をかけ、そそくさとその場を離れた。瘦身の男は慌てて後を追った。

「聞き方が強引だったかな」

　茂次が苦笑いを浮かべて言った。

　それから茂次と三太郎は、通りかかった若侍から話を聞き、武士の名が伊東栄之助だと知れた。ただ、剣術道場のことは分からなかった。

　茂次と三太郎は、はぐれ長屋に帰ると、すぐに源九郎の家に立ち寄った。一刻も早く、伊東のことを源九郎の耳に入れておこうと思ったのである。

　源九郎の家には、源九郎の他に菅井と戸坂の姿があった。

　源九郎は茂次と三太郎が上がり框に腰を下ろすのを待ってから、

「ふたりで、長屋を探っていた武士の跡を尾けたのだな」

　と、訊いた。菅井と戸坂は、源九郎の後ろに腰を下ろした。

「そうでさァ。……やつは、御竹蔵の裏手の屋敷に入りやした」

　茂次が言った。

「名は分かるか」

「伊東栄之助で」

「戸坂どの、伊東の名に覚えはあるか」

源九郎が戸坂に顔をむけて訊いた。

「いや、ない」

すぐに、戸坂が言った。

「他に何か知れたことはあるか」

源九郎が、あらためて茂次に訊いた。

「伊東は剣術の遣い手のようですぜ」

「何流か、分かるか」

「それが、何流なのか分からねえんで」

茂次は、剣術の道場の名を聞き出せなかったことを話してから、

「伊東の屋敷は、分かってやす。やつの跡を尾ければ、道場も仲間たちのことも知れるはずでさァ」

そう言って、三太郎に目をやった。

三太郎は、口をつぐんだまますうなずいた。

「ふたりに頼むが、用心しろよ。気付かれると、命はないぞ」

源九郎が顔を厳しくして言った。

「用心しやす」

そう言って、茂次が立ち上がったとき、戸口に近付いてくる足音がし、「華町の旦那、入りやす」と孫六が声をかけた。

腰高障子があいて、孫六が土間に入ってきた。孫六は、茂次と三太郎を目にすると、

「おめえたちもいたのかい」

と言って、上がり框に腰を下ろした。

「孫六、何かあったのか」

源九郎が訊いた。

「何もねえが、ちょいと気になることがありやしてね」

孫六は声をひそめて言うと、その場にいる男たちに目をやった。

「気になることとは」

「おみよから、聞いたんですがね。長屋の女房連中のなかに、怖がっているやつがいるらしいんでさァ。長屋に武士が押し込んできて、斬り合いにでもなるんじゃァねえかと心配してるようだ」

孫六が言った。おみよは孫六の娘だった。又八というぼてふりといっしょになって、富助という子供がいる。

「うむ……」

長屋の女房たちが、不安になるのも無理はない、と源九郎は思った。長屋の女房の何人かが、路地木戸の近くで武士に呼び止められて話を聞かれていた。それに、長屋の裏手では、戸坂たちが真剣を遣って剣術の稽古をしている。長屋に武士が押し込んでくるのではないかと思い、不安を抱く者がいても不思議はない。

「孫六、おみよにな、長屋に武士が踏み込んでくることがあっても、長屋の者たちに手出ししないから安心するように話してくれ」

源九郎は、お熊やおとよにも話しておこうと思った。

四

翌朝、安田、茂次、三太郎の三人が、はぐれ長屋を出た。茂次と三太郎は、御竹蔵の裏手に行って伊東の屋敷を見張り、伊東が姿を見せたら跡を尾けるつもりなのだ。一方、安田は本郷にある一刀流の道場を訪ね、伊東のことも訊いてみるという。

安田は竪川沿いの通りに出ると、茂次たちと別れた。そして、安田だけが両国橋の方へ足をむけた。本郷へ向かうのである。

本郷には、一刀流の中西(なかにし)道場の高弟だった板野弥九郎(いたのやくろう)という男が道場をひらいていた。安田は中西道場に通ったことがあり、板野に稽古をつけてもらったことがあった。そうしたつながりがあったので、安田は板野に会い、江戸で倉森に与(くみ)していると思われる者たちのことを訊いてみようと思ったのだ。

安田は両国橋を渡ると、柳原通りに出て西に足をむけた。そして、神田川にかかる昌平橋を渡り、中山道を北にむかった。いっとき歩くと、湯島の聖堂の裏手に出た。そして、右手に加賀(かが)百万石、前田(まえだ)家の屋敷が見えてきたところで足をとめた。この辺りは、本郷二丁目である。

……確か、笠屋の脇だったな。

安田は街道沿いに目をやった。

半町ほど先、街道の左手に笠屋があった。軒先に、菅笠(すげがさ)、網代笠(あじろがさ)、八ツ折り笠などがぶら下がっている。旅人相手の店らしい。

安田は足早に笠屋にむかった。笠屋の脇に、見覚えのある路地があった。板野道場は、その路地の先にある。

安田が路地に入り、一町ほど歩くと、前方に剣術道場があった。稽古中らしく、気合や竹刀を打ち合う音などが聞こえてきた。

安田は道場の近くにあった古刹（こさつ）に目をとめた。ちいさな寺だったが、松や杉などの杜（もり）が本堂をかこっている。安田は稽古が終わってから道場を訪ねようと思い、山門をくぐって境内に入った。

安田は本殿の前の石段に腰を下ろした。そこで、稽古が終わるのを待つのである。

それから、小半刻も経ったろうか。道場から聞こえていた稽古の音がやんだ。

安田は腰を上げたが、山門のそばに立ったまま路地に出なかった。門弟たちが、道場から出てくるのを待つつもりだった。

いっときすると、門弟らしい若侍がひとりふたりと、山門の前に通りかかった。

安田は路地に出ると、通りかかった若侍に、

「お訊きしたいことがござる」

と、声をかけた。

「それがしでござるか」

若侍は足をとめ、戸惑うような顔をして安田を見た。

「それがし、板野どのと同門だった者だ。近くを通りかかったので、道場に寄ってみようと思ったのだが、板野どのはおられるかな」

安田が訊いた。

「お師匠は、おられます」

若侍の物言いが、急に丁寧になった。安田の話を信じたらしい。

「では、訪ねてみるか」

安田は、若侍と別れて道場に足をむけた。

道場には、数人の門弟が残っていた。稽古着姿で、木刀を振っている。残り稽古らしい。

板野は師範座所の前に立ち、残り稽古をしている門弟たちに目をやっていたが、道場に入ってきた安田に気付くと、

「安田ではないか」

と言って、近寄ってきた。

板野は五十がらみ、大柄でどっしりした体付きをしていた。首が太く、胸が厚い。剣の修行で鍛え上げた体である。

「お久し振りです」

安田は先輩の板野に頭を下げた。

「どういう風の吹き回しだ」

板野が懐かしそうな顔をして言った。

「板野どのに、一刀流のことでお訊きしたいことがあって来ました」

「そうか」

板野は、道場に残っていた門弟たちに、稽古は終わりにするように話し、安田を道場の正面にある師範座所に連れていった。

板野は師範座所に腰を下ろすと、

「一刀流のことで何かあったのか」

すぐに、安田に訊いた。

「それがしの知り合いが、上州の高崎から師の敵を追って出府したのです。知り合いは、馬庭念流を遣います」

安田は戸坂や彩乃の名は出さなかった。

「馬庭念流か」

板野は興味深そうな顔をした。板野は馬庭念流のことは知っているようだが、立ち合ったことはなさそうだ。

「知り合いの師の敵は、一刀流を遣うそうです。高崎の城下に、一刀流の長塚市之助という男がひらいた道場があるらしいのですが、板野どのはご存じですか」

安田が訊いた。

「長塚道場のことは、聞いたことがある。長塚という男は、若いころ江戸で一刀流を身につけたと聞いたが」

「何道場か、聞いてますか」

「いや、どこの道場かは知らぬ」

「そうですか」

安田はいっとき間を置いた後、

「倉森権蔵という男を知っていますか。高崎の長塚道場で師範代をしていた男です」

と、倉森の名を出して訊いた。

「倉森権蔵な、どこかで、聞いたような気がするが……」

板野は小首をかしげた。

「倉森は江戸に出て、一刀流を遣う者と接触し、味方に加えているらしいのです」

そう言って、安田は茂次から聞いた伊東栄之助の名を口にした。

「伊東栄之助なら知っているぞ」

板野が声高に言った。

「知ってますか」

「たしか、牧沢道場の門弟だったはずだ」

板野によると、牧沢弥右衛門は板野と同じ中西道場の門弟だった男で、本所石原町に町道場をひらいているという。

「自邸のそばに道場を造り、そこに近隣に住む旗本や御家人の子弟を集めて一刀流を指南しているようだ」

「牧沢道場か」

茂次から聞いた伊東は、牧沢道場の門弟にちがいない、と安田は思った。石原町は御竹蔵のすぐ近くで、伊東の住む屋敷からも近いはずだ。

「牧沢道場は、いまもひらいているのですか」

安田が訊いた。

「ひらいているはずだ。近所の旗本や御家人の子弟が、門弟として通っているらしい」

板野が、牧沢どのも歳で、道場に出ないこともあるらしいな、と小声で言い添えた。

「牧沢道場で訊いてみます」

安田は板野に礼を言って、腰を上げた。これ以上、板野から聞くことはなかったのである。

五

その夜、源九郎の家に男たちが集まった。源九郎は安田から話を聞くと、他の仲間にも知らせておこうと思い、茂次に話して集まってもらったのだ。

源九郎の家の狭い座敷に、八人の男が顔をそろえた。源九郎たち長屋に住む七人と戸坂である。

「酒を用意したぞ。久し振りで一杯やろうと思ってな、平太に頼んで、酒屋で買ってきてもらったのだ」

源九郎が言うと、流し場に置いてあった貧乏徳利をふたつ、平太がぶらさげてきた。また、孫六が湯飲みを盆に載せて流し場から運んできた。湯飲みは、孫六と菅井の家にあった物を持ってきたのである。

「ありがてえ、みんなと酒が飲める」

孫六が目を細めて言うと、座敷に集まった男たちの表情がやわらいだ。

源九郎は脇に置いてあった貧乏徳利を手にし、孫六の手にした湯飲みに酒をついでやりながら、

「酒で、英気を養ってくれ」

と、男たちに声をかけた。

源九郎はちかごろ仲間たちが、ばらばらに倉森たちの行方を追っているような気がしていた。それに、倉森たちが長屋を襲う懸念もあった。それで、これまで探ったことを知らせ合うとともに、倉森たちの長屋の襲撃に対して手を打っておこうと思ったのだ。

いっとき仲間たちで、酒を注ぎ合って飲んだ後、

「茂次から話してくれ」

と、声をかけた。

「おれと三太郎とで、長屋を探っていたやつの跡を尾けやした」

茂次はそう切り出し、茂次が伊東栄之助の後を尾けたことから、伊東の屋敷が御竹蔵の裏手にあることを話し、

「伊東は一刀流の遣い手らしい。倉森とつながってることは、まちげえねえ」

と、言い添えた。

「伊東が通っていた一刀流の道場が、分かったぞ」

茂次につづいて安田が言った。

「どこの道場だ」

源九郎が訊いた。

「石原町にある牧沢道場だ」

道場主が牧沢弥右衛門で、道場は伊東の住む屋敷と近いことを安田が話した。

そのとき、黙って聞いていた菅井が、

「牧沢道場の名は、聞いたことがあるぞ。一刀流の道場にまちがいない」

と、小声で言った。

「倉森は、牧沢道場とかかわりがあるのではないか」

源九郎の胸に、倉森は牧沢道場に身を隠しているのではないか、との思いがよぎったが、そこまでは口にしなかった。

「いずれにしろ、伊東を捕らえて口を割らせれば、倉森の居所も知れそうだぞ」

安田が言うと、座敷にいた男たちがうなずいた。

「伊東を捕らえるなら、早い方がいいな。どうだ、明日にも伊東の屋敷近くに張り込んで、姿を見せたら押さえないか」

菅井が言った。

「やるか」

源九郎が言うと、座敷にいた男たちがうなずいた。


翌朝、長屋の井戸端に、源九郎、安田、茂次、三太郎、それに平太の五人が集まった。菅井は念のため、長屋に残ることになった。足の速い平太は長屋との連絡のために源九郎たちにくわわったのである。

源九郎たちは、すこし間をとって歩いた。人目を引かないようにばらばらになって、御竹蔵の裏手にむかった。

源九郎たちが、伊東の屋敷近くに着いたのは、五ツ半（午前九時）ごろだった。源九郎たちは、旗本屋敷の築地塀の陰に身を隠した。そこは、茂次と三太郎が身を隠して、伊東の屋敷を見張った場所である。

御竹蔵の裏手はひっそりとして、人影が少なかった。ときおり、供連れの武士や中間などが通りかかるだけである。

「伊東はいるかな」

源九郎が伊東の屋敷に目をやって言った。

「あっしが、様子を見てきやす」

そう言い残し、茂次が築地塀の陰から出て伊東の屋敷に足をむけた。

茂次は通行人を装って伊東の屋敷に近付き、木戸門近くの板塀に身を寄せた。

茂次は、いっとき聞き耳を立てて屋敷内の様子を探っていたようだが、板塀から身を離すと、足早にもどってきた。

茂次は源九郎たちのいる築地塀の陰に来ると、

「伊東は、いるようですぜ」

すぐに、言った。茂次によると、屋敷のなかから伊東と思われる男の声が聞こえたという。

「どうする、踏み込むか」

安田が訊いた。

「いや、伊東が屋敷から出て来るのを待とう。屋敷には奉公人もいるはずだ。迂闊に踏み込むと、大騒ぎになる」

源九郎が言った。大騒ぎになり、伊東を取り逃がす恐れがあった。それに、伊東が捕らえられたことが倉森たちの耳に入れば、いまの隠れ家から姿を消すかもしれない。

源九郎たちは築地塀の陰にとどまり、伊東の屋敷に目を配っていた。伊東はなかなか屋敷から出てこなかった。

源九郎たちがその場に来て、一刻（二時間）ほど経ったろうか。

「門から、だれか出てくる！」

茂次が声を上げた。

伊東家の木戸門の門扉があいて、武士がひとり姿を見せた。羽織袴姿で、大小を差している。

「伊東だ！」

茂次が、身を乗り出して言った。

六

伊東は、源九郎たちが身をひそめている方に足早に歩いてきた。源九郎たちには、気付いていないようだ。

伊東が源九郎たちの近くまできたとき、築地塀の陰に身を隠していた五人が、いっせいに飛び出した。

源九郎、茂次、平太の三人が伊東の前に走り出て、安田と三太郎が背後にまわり込んだ。素早い動きである。

伊東は、ギョッとしたように立ち竦んだが、すぐに、はぐれ長屋の者たちと気付いたらしく、

「待ち伏せか！」

と叫び、刀を抜いた。

源九郎と安田も抜刀し、刀身を峰に返した。伊東を斬らずに、生け捕りにするためである。

茂次は用意した細引きを取り出した。平太と三太郎は、すこし身を引いている。この場は、源九郎と安田にまかせるつもりなのだ。

源九郎は脇構えにとった。

伊東は青眼に構えると、剣尖を源九郎の目線につけた。一刀流の遣い手らしく、構えに隙がなかった。ただ、かすかに切っ先が震えていた。気の昂りで、肩に力が入っているのだ。おそらく、真剣勝負の経験がないのだろう。

「いくぞ！」

源九郎が先をとった。

脇構えにとったまま足裏を摺るようにして、伊東との間合をつめていく。

と、伊東も動いた。摺り足で、源九郎との間合をつめ始めた。一気に、ふたりの間合が狭まり、一足一刀の斬撃の間境に迫ってきた。

あと一歩で、斬撃の間境に踏み込むところまで接近したとき、

イヤアッ！

突如、伊東が裂帛の気合を発した。

気合で威圧し、源九郎の寄り身をとめようとしたのだ。だが、気合を発した瞬間、伊東の体が硬くなった。その一瞬の隙を、源九郎がとらえた。

一歩右手に踏み込み、鋭い気合とともに脇構えから横に刀身を払った。神速の太刀捌きである。

伊東は一瞬遅れて、青眼から真っ向へ斬りおろした。

横一文字と真っ向へ――。

二筋の閃光が、稲妻のようにはしった。

源九郎の峰に返した刀身が伊東の脇腹をとらえ、伊東の切っ先は源九郎の左肩をかすめて空を切った。

グッ、と伊東が喉のつまったような呻き声を上げ、その場にうずくまった。伊東は源九郎の峰打ちを腹にあびて目が眩んだようだ。

「動くな！」

源九郎が、切っ先を伊東の首につきつけた。

そこへ、茂次、平太、三太郎の三人が駆け寄り、伊東の両腕を後ろにとって細引きで縛った。ふたりは捕縛の準備をしていたので、手際がよかった。

「猿轡も、かましてくれ」

源九郎が言った。

茂次が懐から手拭いを取り出し、伊東に猿轡をかました。さらに、源九郎が羽織を脱いで、伊東の頭から被せた。通りすがりの者に、伊東の顔を見せたくなかったのだ。

源九郎たちは人目に触れないように人通りのない裏路地や新道などをたどって、伊東をはぐれ長屋に連れ込んだ。

源九郎の家に、伊東を捕らえに出向いた五人の他に、菅井と孫六、それに戸坂も顔をそろえた。

伊東は後ろ手に縛られたまま座敷に座らされた。顔がひき攣り、体が小刻みに顫（ふる）えている。

「戸坂どの、この男を知っているか」

源九郎が訊いた。

「いや、知らぬ。初めて見る顔だ」

「この男は御家人で、名は伊東栄之助。本所石原町の牧沢道場で、一刀流を修行したはずだ」

安田が言った。

伊東が驚いたような顔をして、安田を見た。そこまで知られているとは思わなかったのだろう。

「伊東、この長屋を探ったのは、どういうわけだ」

源九郎が伊東を見すえて訊いた。

「し、知らぬ。長屋を探った覚えなどない」

伊東が顔をしかめて言った。

すると、源九郎の脇にいた茂次が、

「白（しら）を切るんじゃァねえよ。おれたちは、おまえが長屋を探っているのを目にして跡を尾け、御竹蔵の裏にある屋敷をつきとめたんだぜ」

と、声高に言った。

「何のために、長屋を探ったのだ」

源九郎が語気を強めた。

伊東は顔をしかめて虚空に目をやっていたが、

「な、長屋に、戸坂と彩乃という娘がいるか、訊いたのだ」

と、声をつまらせて答えた。これ以上、ごまかせないと思ったのだろう。

「長屋を襲って、戸坂どのたちを討つためだな」

「知らぬ。おれは、何も聞いてない」

「おぬしに、長屋を探るよう頼んだのは、だれだ」

「い、言えぬ」

伊東の声が震えた。

「高崎から江戸に出た倉森権蔵だな」

源九郎は倉森の名を出した。

「……！」

伊東は答えなかった。虚空にむけられた視線が揺れている。

「倉森だな」

源九郎が念を押すように訊いた。

「そ、そうだ」

伊東は、がっくりと肩を落とした。

「倉森はどこにいる」

「知らぬ」

伊東は視線を膝先に落としたまま顔を上げなかった。肩先が震えている。

「石原町にある牧沢道場であろう」

源九郎が伊東を見すえて訊いた。

伊東は身を硬くして口を閉じていたが、

「そうだ」

と、小声で答えた。源九郎たちがよく知っているので、隠しきれないと思ったようだ。

「倉森と道場主の牧沢は、どんなかかわりがあるのだ」

源九郎が訊いた。

「倉森どのは、若いころ、牧沢道場の門弟だったことがあると聞いたことがある」

「いまは、食客として道場にいるのだな」

倉森が、いまも門弟として牧沢道場にいるとは思えなかった。

「そうだが、いつもいるわけではない」

伊東によると、倉森は牧沢家で寝泊まりすることもあるが、道場にも牧沢家にもいないことがあるという。

「倉森は、牧沢道場にいないときは、どこにいるのだ」

「牧沢道場に出入りしている門弟のところかもしれない」

伊東によると、倉森は伊東家にも泊まったことがあり、どの門弟の家にいるか分からないと話した。

「そうか」

いずれにしろ、牧沢道場に目を配っていれば、倉森の居所はつかめるだろう、と源九郎はみた。

源九郎が「他に訊くことがあるか」と言って、座敷にいた男たちに目をやると、戸坂が、伊東を睨むように見すえ、

「反町裕三郎と伊達市太郎は、どこにいる」

と、語気を強くして訊いた。反町と伊達は、倉森といっしょに江戸へ出てきた

男である。

「反町どのと伊達どのも牧沢道場に顔を見せるが、別の門弟のところに身を隠していることが多いようだ」

「いずれにしろ、反町と伊達はいまも倉森と行動を共にしているとみていいな」

戸坂が念を押した。

源九郎は戸坂と伊東のやり取りが終わるのを待ち、

「一ツ目橋のたもとで、戸坂どのたちを襲った三人のなかに、反町と伊達はいなかったと聞いているが」

と、戸坂に目をやって訊いた。

「いなかった。ふたりは、わしの知らぬ男だ」

戸坂は伊東に目をやり、「ふたりは、何者だ」と訊いた。

「ふたりのことは、聞いてない」

すぐに、伊東が答えた。

「そのふたりも、牧沢道場の門弟ではないか」

源九郎はそう言った後、

「倉森たちは、大勢で長屋を襲うとみていいぞ。倉森と高崎から江戸に出た反町わるかもしれん」

と伊達、それに、一ッ目橋のたもとで襲ったふたり、他にも牧沢道場の門弟がく

と、言い添えた。源九郎の顔は、いつになく厳しかった。

七

伊東を捕らえて話を聞いた翌日、源九郎はお熊に話し、おまつ、およよ、おしげなど、ふだん長屋の世話役をしている女房連中に源九郎の家に集まってもらった。孫六と菅井も顔を見せている。

座敷に腰を下ろした女たちは、不安そうな顔をして源九郎に目をやった。

「華町の旦那、何かあるのかい」

お熊が眉を寄せて訊いた。がらっぱちで、すこしのことには動じないお熊も、心配そうな顔をしている。

「ちかごろ、長屋のことを探っている武士がいることを知っているな」

源九郎が穏やかな声で言った。

「し、知ってるよ。華町の旦那、何かあったのかい」

お熊が、不安そうな顔で訊くと、

「お侍が、大勢で長屋を襲うんじゃァないのかね」

おまつが、隣に座っているおしげに目をやって言った。

すると、おしげが、

「や、やだよ。あたし、足が悪いから逃げられないもの」

と、声を震わせて言った。

「おい、華町の旦那は、おめえたちが襲われるなんて言ってねえぜ」

孫六が呆（あき）れたような顔をした。

「孫六の言うとおりだ。長屋に踏み込んできたとしても、長屋の住人に手を出すことはない。気付いていると思うが、踏み込んでくる者たちの狙いは、戸坂どのと彩乃だ。長屋の者には、何のかかわりもない」

源九郎が断定するように言った。

「それなら、いいんだけど……」

おしげが、つぶやいた。まだ、顔に不安の色がある。

「ただ、間違って怪我をしないとはかぎらない。……いいか、長屋に踏み込んできた武士に手を出すな。石を投げ付けたり、天秤棒で殴りかかったりしたら、むこうにその気はなくとも、斬りつけるぞ」

源九郎がそう言うと、

「そ、そうだね」

お熊が、声をつまらせて言った。

「それに、長屋に踏み込んできても、家族のみんなが無事で済む手がある」

源九郎が声をあらためて言った。

「なんだい」

おまつが、身を乗り出して訊いた。

「みんな家に入って戸をしめ、表に出ないことだ。それだけでいい。家の者にも話しておいてくれ。長屋に武士たちが踏み込んできたら、家に逃げ帰れとな」

「話しておくよ」

おとよが言った。

「ここにいない者にも、話しておいてくれ。強がって、天秤棒など持って飛び出すな、とな」

「分かった。みんなに、話しておく」

お熊が言うと、他の女房たちもうなずいた。

それで、源九郎たちの話は済んだ。お熊たちは安心したような顔をして、お喋（しゃべ）

りをしながら戸口から出ていった。

源九郎はお熊たちの後ろ姿を見ながら、

……これは、長屋総出の闘いだな。

と、思った。何の関わりもない住人たちも、倉森たちが踏み込んでくれば、己の身を守らねばならない。家に籠(こも)るといっても、男たちは仕事に出かけるし、子供たちは遊びに出る。どこで鉢合(はちあ)わせするか分からない。

「菅井、孫六、倉森たちに襲われる前に、始末をつけたいな」

源九郎が、ふたりに声をかけた。


その日、源九郎は安田と茂次の三人で、本所石原町にむかった。倉森たちに襲われるのを待つのではなく、先に手を打とうと思ったのだ。そのためにも、石原町にある牧沢道場を見ておく必要がある。

源九郎たちははぐれ長屋を出ると、回向院の脇をとおって大川沿いの道に出た。そして、川上にむかって歩いた。

御竹蔵の前を過ぎ、大名の下屋敷のつづく通りを経て掘割にかかる橋を渡った。そこが石原町である。町家がつづき、町人の姿が目についた。

「牧沢道場は、どこかな」

源九郎が大川沿いの道に目をやって言った。道場らしい建物は、目につかなかった。

「訊いた方が早いな」

安田がそう言って、道沿いにあった八百屋に足をむけた。

安田は店先にいた親爺と何やら言葉を交わしていたが、いっときするともどってきた。

「知れたぞ。この先に、そば屋があってな、その店の脇の道を入った先に、剣術道場があるそうだ」

安田によると、親爺は道場の名も、門弟たちのことも知らなかったという。

「ともかく、行ってみよう」

源九郎たちは大川沿いの道を川上にむかって歩いた。

二町ほど歩くと、川沿いにそば屋があった。この辺りでは目につく、二階建ての大きな店である。

「店の脇に、道がありやすぜ」

茂次が指差した。

源九郎たちは、そば屋の脇の道に入った。思っていたより、広い道だった。ぽつぽつと行き来するひとの姿があり、道沿いには小体な店が並んでいた。いっとき歩くと、道沿いの店はとぎれ、人影もすくなくなった。雑草で覆われた空き地や笹藪などが目についた。

「旦那、お侍が来やすぜ」

茂次が言った。

前方から、羽織袴姿で二刀を帯びた武士が歩いてくる。中間をふたり連れていた。御家人らしい。

「わしが、訊いてみる」

源九郎は足を速めた。そして、武士に近付くと「お訊きしたいことが、ござる」と声をかけた。

「何かな」

武士は顔をしかめた。源九郎の姿から、うさん臭い牢人とみたのだろう。

「この近くに剣術道場があると聞いてまいったのだが、どこにあるかご存じだろうか」

源九郎は、声高に訊いた。

「道場なら、この先だ。行けば分かる」

武士は素っ気なく言うと、足早にその場を離れた。

源九郎たちは、さらに歩いた。

「あれだ」

源九郎が指差した。一町ほど先に、道場らしい建物が見えた。脇が板壁で、武者窓がある。古い道場らしく、板壁の板が剝(は)がれているところがあった。近付くと、庇(ひさし)の一部が垂れ下がっている。

「いまは、稽古中ではないようだ」

道場から、何の物音も聞こえなかった。稽古はやっていないらしい。

源九郎たちは通行人を装い、道場に近付いた。道場の脇は笹藪になっていた。道を隔てた前に、小体な店屋があったが、表戸がしまっていた。商いをやめて、店をしめたようだ。

源九郎は道場の脇まで来ると、裏手に目をやった。母屋らしい家があった。道場主である牧沢の住まいらしい。大きな家だった。食客のための部屋もあるようだ。おそらく、そこに倉森たちを泊めたのだろう。

源九郎たちは、道場の前ですこし歩調をゆるめただけで通り過ぎた。そして、一町ほど歩いてから路傍に足をとめた。

「やはり、稽古中ではないようだ」

源九郎が言った。

「裏手の家が、住まいだな」

安田は振り返って、道場の方に目をやった。

「裏手の家を探ってみやすか」

茂次が言った。

「今日のところは、様子をみるだけにしよう」

源九郎たちは、来た道を引き返し、道場の脇の笹藪の陰に身を隠した。しばらく、前の通りや道場に目をやっていると、四人の若侍が通りに姿をあらわした。門弟四人は何やら話しながら道場の前までくると、表戸をあけてなかに入った。門弟らしい。さらに、ふたり、三人と門弟らしい男が姿を見せた。

何人もの門弟たちが道場に入ってから、いっときすると、気合、竹刀を打ち合う音、床を踏む音などが聞こえてきた。

「稽古を始めたようだ」

源九郎が言った。

源九郎たちは門弟たちが道場から出てくるのを待ち、安田が牧沢と同門だったことを装って話を訊いた。

門弟たちによると、倉森たちはときどき道場に姿を見せるが、稽古にはくわわらないという。また、ちかごろは母屋に泊まらないで帰ることが多いそうだ。

その日、源九郎たちは暗くなってからはぐれ長屋に帰った。長屋に倉森たちは姿を見せず、何事もなかったという。

第三章　長屋襲撃

一

その日、朝から雨だった。

源九郎が朝餉の後、戸坂と茶を飲んでいると、ピシャ、ピシャ、とぬかるみを歩く下駄の音がした。源九郎は、その足音に聞き覚えがあった。菅井である。

足音は腰高障子のむこうでとまり、

「華町、いるか」

と、菅井の声がした。

「いるぞ」

源九郎が声をかけると、腰高障子があいて菅井が顔を見せた。菅井は将棋盤を脇に抱えていた。

菅井は無類の将棋好きだった。ただ、腕はそれほどでもない。下手の横好きである。雨が降り、両国広小路に居合の見世物に出掛けられないときは、決まって将棋盤と駒を持って源九郎の家へやってくる。

このところ、菅井は居合の見世物には行かず、長屋に籠っていることが多かったが、将棋のことは口にしなかった。

今日は朝から雨で、倉森たちが長屋を襲うことはないとみて、将棋をやる気になったのであろう。

「将棋か」

源九郎が渋い顔をした。座敷には戸坂もいたので、将棋を指す気になれなかったのである。

「長屋に籠っていては、気が滅入る。気晴らしも大事だぞ」

そう言って、菅井は将棋盤をかかえたまま座敷に上がってきた。そして、将棋盤を置いて腰を下ろすと、

「戸坂どの、将棋は」

と、訊いた。

「わしは、将棋は指さぬが……」

戸坂が戸惑うような顔をした。

「おれと華町で指すから、見ていてくれ」

菅井は源九郎と指すと勝手に決めて、懐から駒の入った木箱を取り出した。

源九郎は苦笑いを浮かべて、将棋盤を前にして腰を下ろした。狭い座敷で鬱陶しい時を無為に過ごすなら、将棋も悪くないか、と思ったのである。

源九郎が菅井と将棋を指し始めて半刻（一時間）も経ったろうか。また、腰高障子に近付いてくる足音がした。

腰高障子をあけて、姿を見せたのは茂次だった。

茂次は土間に立って、座敷にいる源九郎たちに目をやり、

「将棋ですかい」

と、呆れたような顔をして言った。

「いま、いいところだ」

菅井が将棋盤を睨んだまま言った。

形勢は、菅井にかたむいていた。さすがに、源九郎は本気になれず、適当に指していたのだ。

「雨は、すぐに上がりやすよ。晴れ間が見えまさァ」

茂次が言った。

源九郎が戸口に目をやると、腰高障子が明るくなっていた。雨音も聞こえない。

「晴れてきそうだ」

源九郎が背筋を伸ばして言った。雨さえ上がれば、出掛けられる。

源九郎が戸口の腰高障子に目をやっていると、

「おい、華町の番だぞ」

菅井が苛立った声で言った。

「おお、そうか」

源九郎は考えずに飛車を王の前に動かし、「王手」と声をかけた。

「飛車をただでくれるのか」

菅井が戸惑うような顔をして、角を動かして飛車をとった。

「角筋であったか」

源九郎は、いっとき将棋盤を見すえた後、

「これは駄目だ。わしの負けだな」

と言って、手にしていた駒を将棋盤の上に置いた。形勢も悪かったのだが、源九郎は早く勝負を終わりにしたかったので、飛車をくれるつもりで動かしたのだ。それで、形勢が大きく菅井にかたむいたのである。

菅井は浮かぬ顔をして、

「出掛けるのか」

と、源九郎に訊いた。菅井も勝った気がしなかったのだろう。

「そのつもりだ」

源九郎は石原町へ出かけて牧沢道場を見張り、倉森、反町、伊達の三人のうちのだれかが姿を見せたら、尾行して潜伏先をつきとめるつもりでいた。倉森たちを討てば、長屋が襲われることもないだろう。

「おれもいく」

菅井が身を乗り出して言った。その気になっている。長屋に待機しているのが、飽きていたのだろう。

「今日は、安田に残ってもらうか」

源九郎は、安田に代わって菅井にいってもらおうと思った。

源九郎は茂次と菅井に、「路地木戸のところで、待っていてくれ」と言い残し、安田の家にむかった。安田に、長屋に残るよう話しておくのである。

源九郎、菅井、茂次の三人は、路地木戸を出ると、牧沢道場のある石原町にむかった。雨は上がっていた。青空がひろがり、雲間から薄日が射している。

回向院の脇を通り、大川端の通りに出たとき、

「旦那たちは、長屋の男たちのことを耳にしてやすか」

と、茂次が源九郎と菅井に目をむけて訊いた。

「何かあったのか」

源九郎は、何も聞いていなかった。

「長屋の女たちが、話してるのを耳にしたんですがね。男たちのなかに、長屋に押し込んできたら追い返してやる、と意気込んでいるやつが、いるそうでさァ」

「なかには、怖い物知らずの男もいるからな」

源九郎が渋い顔をした。長屋に踏み込んできた倉森たちに歯向かうと、斬り殺されるかもしれない。

「あっしは、井戸端でお熊と会ったときに、意気込んでるやつがいたら、近寄らねえで遠くから石でも投げろ、と言ってやれ、と話しておいたんでさァ」

「そうか」

鎌や天秤棒を持ち出すより、遠方から投石でもする方が怪我をせずに済むだろう、と源九郎は思った。

そんなやり取りをして歩いているうちに、源九郎たちは牧沢道場の近くまで来ていた。

二

源九郎、菅井、茂次の三人は、牧沢道場の脇の笹藪(ささやぶ)の陰に身を隠した。そこで、倉森たちが姿をあらわすのを待つのである。

雲間から出た陽が、辺りを照らしていた。八ツ(午後二時)ごろではあるまいか。牧沢道場は、ひっそりとしていた。稽古はしてないようだ。道場の裏手の母屋からは、ときおり戸をあけしめするような音が聞こえた。牧沢は母屋にいるらしい。

「おい、倉森たちは来るのか」

菅井が渋い顔をして訊いた。道場にひとのいる気配がないので、倉森たちは来ないと思ったようだ。

「分からん。……気長に待つしかないな」

源九郎にも、倉森たちが姿を見せるかどうか分からなかった。

「将棋でも、持ってくればよかったな」

菅井が、生欠伸を嚙み殺して言った。

それからいっときすると、源九郎たちが潜んでいる前の道を数人の若侍が通りかかった。決められた稽古の他に、自主的に道場に来て稽古をしている門弟たちらしい。道場があいているときに、使っていいことになっているのだろう。

道場から門弟たちの稽古の音が聞こえ始めて、小半刻（三十分）も経ったろうか。道場に目をやっていた茂次が、

「だれか来る！」

と、声を上げた。

「どこだ」

菅井が身を乗り出して訊いた。通りには、武士らしい人影がなかった。

「道場の脇でさァ」

茂次が指差した。

見ると、道場の脇を通って表の道に出ようとしている武士の姿があった。道場の裏手の母屋から出てきたらしい。

武士は、羽織袴姿で二刀を帯びていた。倉森ではない。武士は、道場の前の通りに出ると、源九郎たちが身をひそめている方に歩いてきた。

「やつは、一ツ目橋のたもとで、戸坂どのたちを襲ったひとりだぞ」

菅井が、近付いてくる男を睨むように見すえて言った。

「菅井とやりあった男だな」

源九郎は思い出した。菅井が居合の一撃をみまった中背の武士である。その時は浅手だったので、歩きまわるのに支障はないようだ。

「どうしやす」

茂次が身を乗り出して訊いた。

「捕らえよう」

源九郎は、中背の武士は倉森たちの居所を知っているのではないかと思った。

「おれに、やらせてくれ。やつとは一度勝負してるからな」

菅井が、意気込んで言った。

「峰打ちで仕留められるか」

源九郎は武士を斬らずに捕らえたかった。倉森たちのことを訊くためである。

菅井の遣う居合は、抜き付けの一刀に勝負をかける。峰打ちにするには、抜いてから刀身を峰に返さねばならない。
「なんとか、やってみる」
菅井は刀を抜いた。そして、刀身を峰に返した。
中背の武士は、足早に源九郎たちが身をひそめている場所に近付いてきた。菅井は
中背の武士が間近に迫ったとき、源九郎たち三人はいっせいに動いた。菅井は
抜き身を手にして武士の前に飛び出し、源九郎は背後にまわり、茂次は菅井の後
ろに走った。
一瞬、中背の武士は凍り付いたように棒立ちになった。顔が驚怖にゆがんで
いる。だが、武士は、すぐに菅井が一ツ目橋のたもとで闘った男と分かり、
「おぬしか！」
と叫びざま、抜刀した。
菅井と中背の武士の間合は、三間ほどだった。
源九郎も、中背の武士から三間ほどの間合をとって刀を抜いた。この場は菅井
にまかせるつもりだったが、念のために刀身を峰に返した。
中背の武士は青眼に構え、剣尖を菅井の目線につけた。隙のない構えだが、切
っ先がかすかに震えていた。興奮しているせいであろう。

菅井は峰に返した刀を、脇構えにとった。この構えから、居合の抜刀の呼吸で斬り込むのである。

ふたりは、青眼と脇構えにとったまま気魄で攻め合っていたが、

「いくぞ!」

と菅井が声をかけ、先をとった。脇構えにとったまま足裏を摺るようにして、ジリジリと間合を狭めていく。

中背の武士は、動かなかった。青眼に構えたまま剣尖を菅井にむけている。

ふたりの間合が狭まるにつれ、菅井の全身に気勢が満ち、斬撃の気が高まってきた。

ふいに、菅井の寄り身がとまった。

一足一刀の斬撃の間境の一歩手前である。菅井は全身に激しい気勢を込め、斬撃の気配を見せ、

タアッ!

と鋭い気合を発して、一歩踏み込んだ。

刹那、中背の武士が反応した。菅井が斬り込んでくるとみたようだ。気合とともに、体が躍り、

あの人も、
読んでるらしい。

貫井徳郎
我が心の底の光
［長編ミステリー］本体648円+税 978-4-575-52097-2

母は死に、父は人を殺した——。心に鍵をかけ、他者との接触を拒み続ける峰岸晄。やがて社会に出た晄は、まったき孤独の中で遂にある計画を実行へと移していく。衝撃のラストが心を抉る傑作長編。

赤川次郎
涙のような雨が降る
［長編サスペンス］本体694円+税 978-4-575-52098-9

私は財閥令嬢・川中歩美の身代わりとなった。大人の陰謀が渦巻く中、身の回りで起こる事件の真相を突き止めようとする私を待ち受けていたのは⁉

長沢 樹
リップステイン
双葉文庫初登場

［長編青春ミステリー］本体722円+税 978-4-575-52099-6

映像専門学校に通う行人はある日、人に憑いた悪意を取り払うと話す不思議な少女と出会う。彼女は連続暴行事件の現場にいつも姿を現していて⁉

オリジナル
霧原一輝
人妻専科 イカせます
［長編回春エロス］本体602円+税 978-4-575-52105-4

オリジナル
草凪 優
隣のフレッシュOL
［連作性春エロス］本体620円+税 978-4-575-52104-7

築山 桂
禁書売り 緒方洪庵 浪華の事件帖〈新装版〉
［時代小説］本体667円+税 978-4-575-66882-7

4月の新刊

売中！

双葉文庫は面白（おむすび）文庫

望月麻衣

続・京都烏丸御池のお祓い本舗

ある日『城之内相談事務所』に、自分の前世を知りたいという少女・梓が現れる。朋美たちは一緒に清水寺へ行くが……大人気キャラミス第二弾！

［キャラクター小説］本体574円＋税 978-4-575-52101-6

竹村優希

神様たちのお伊勢参り③ 護りの巨神とうなぐひめ

11月になり『やおよろず』のメンバーでお月見をすることになった。ススキを調達に行った芽衣は、ある神様に出会う……神様の集う宿を舞台にした人気シリーズ第三弾。

［キャラクター小説］本体565円＋税 978-4-575-52102-3

桑野和明

京都の甘味処は神様専用です③

五山送り火を見に来ていた瑞樹は、あやかしに追いかけられていたところを神様に助けられる。お礼にお菓子を作ることになり——。

［あやかしドラマ］本体574円＋税 978-4-575-52103-0

せきしろ

海辺の週刊大衆

双葉文庫初登場

ここは無人島。茫洋と広がる海辺に取り残された男がひとり。傍らには『週刊大衆』が一冊。鬼才が描く、徹底的に何も起きないサバイバル小説。

［サバイバル小説］本体583円＋税 978-4-575-52106-1

矢月秀作

鳩の血 警視庁公安0課 カミカゼ

［長編ハードアクション］本体713円＋税 978-4-575-52100-9

共に死地を潜り抜けた藪野が行方不明となり、心ならずも0課に復帰した瀧川。そして20億円の最高級ルビーがミサイル取引に使われるとの情報が浮上する。

双葉文庫は面白（おむすび）文庫

www.futabasha.co.jp

双葉社 〒162-8540 東京都新宿区東五軒町3-28 電話03-5261-4818(営業)
◆ご注文はお近くの書店またはブックサービス(0120-29-9625)へ。

青眼から袈裟へ。閃光がはしった。

間髪をいれず、菅井が左手に体をむけざま刀身を脇構えから横一文字に払った。一瞬の太刀捌きである。

中背の武士の切っ先は菅井の肩先をかすめ、菅井の峰打ちは中背の武士の脇腹をとらえた。一瞬、一合の勝負だった。

中背の武士は手にした刀を取り落とし、両手で腹を押さえて呻き声を上げた。

「動くと、斬るぞ！」

菅井が武士の鼻先に切っ先を突き付けた。

そこへ、茂次と源九郎が走り寄り、中背の武士の両腕をとって、笹藪の陰に引き摺り込んだ。通りかかった者が騒ぎたてないように身を隠したのだ。茂次たちは笹藪の陰で、中背の武士の両手を後ろにとって縛り、猿轡をかました。

道場の稽古の音は、やんでいた。そろそろ、門弟たちが出てくるころである。

三

源九郎たちは門弟たちが通り過ぎるのを待ってから、中背の武士をはぐれ長屋に連れていくことにした。この場で話を訊いてもよかったが、先に捕らえた伊東と同じように始末がつくまで、長屋で監禁しておこうと思ったのだ。

源九郎たちは、暮れ六ツ（午後六時）を過ぎて辺りが暗くなってから、はぐれ長屋にむかった。

連れ込んだのは、源九郎の住む家だった。これから、捕らえた中背の武士から話を聞くのである。

源九郎たち三人の他に、戸坂と安田もくわわった。座敷の隅に置かれた行灯の灯に、男たちの姿が浮かび上がっている。長屋は寝静まっているが、ときおり赤子の泣く声や母親らしい声が聞こえた。

「おぬしの名は」

源九郎が訊いた。

中背の武士は、名乗らなかった。強張った顔で、口を引き結んでいる。

「おぬしは、馬庭念流の長塚道場の門弟ではあるまい」

「おれは、一刀流だ」

中背の武士が答えた。己の流派まで、隠すことはないと思ったのだろう。

「伊東栄之助という男を知っているか」

源九郎は伊東の名を出した。

すると、中背の武士は源九郎を見すえた後、

「おぬしらが、伊東を捕らえたのか」

と、強張った顔で訊いた。

「そうだ。伊東は長屋の様子を探っていたのでな、取り押さえて話を訊いたのだ」

「……」

中背の武士は、顔をしかめただけで何も言わなかった。

「倉森たちは、老齢の戸坂と、まだ子供といっていいような娘を斬るために、この貧乏長屋を大勢で襲うつもりでいる」

源九郎が眉を寄せた。

中背の武士の顔に、戸惑うような表情が浮いた。

「おぬしも、倉森たちといっしょにここに押し込み、戸坂たちを襲い、長屋の女子供まで斬り殺すつもりでいたのだな」

「おれは、女子供を手にかけたりせぬ」

中背の武士が、声を大きくして言った。

「だが、大勢で長屋に押し込めば、そうなる」

中背の武士は口をつぐんだ。視線が揺れている。

「倉森は何と言って、おぬしたちに助太刀を頼んだ。……金か」

源九郎は金ではないと思ったが、武士にしゃべらせるために、わざとそう訊いたのだ。

「か、金ではない」

中背の武士が声をつまらせて言った。

「では、なぜだ！」

「一刀流を馬庭念流から守るためだと聞いたからだ」

「おぬしたちは、戸坂どのと彩乃が、敵討ちのために倉森たちを討とうとしていることを承知しているのか」

源九郎が中背の武士を見すえて訊いた。

「承知している。……だが、倉森どのは馬庭念流の笹沢に真剣勝負を挑まれ、勝っただけだと言っているぞ」

中背の武士が、声高に言った。武士は、隠さずに話すようになった。源九郎とやり取りをしているうちに、隠す気が薄れたようだ。

「……！」

「では、なぜ、一ツ目橋のたもとで、倉森はおぬしたちふたりの手を借りて、年寄りの戸坂どのと彩乃を襲ったのだ。長屋の者が助けに入らなければ、おぬしたち三人は、戸坂どのと彩乃を取り囲んで斬り殺していたのではないか。あれも、一刀流を馬庭念流から守るための立ち合いだというのか」

「あ、あれは……」

中背の武士は言い淀んだ。視線が、戸惑うように揺れている。

「わしらは、おぬしに何の恨みもない。此度の件の始末がつけば、帰ってもらうつもりでいる」

そう言った後、源九郎は、
と、穏やかな声で訊いた。

「おぬしの名は」

「平松勝五郎……」

中背の武士が、小声で名乗った。

「一ツ目橋のたもとで、戸坂どのたちを襲ったとき、いっしょにいたもうひとりの男は、何者だ」

源九郎が訊いた。

「おれと同じ牧沢道場へ通っていた勝元源八郎だ」

平松によると、勝元は旗本の次男坊だという。勝元は、剣で身を立てようと牧沢道場に通っていた。そして、牧沢道場に来た倉森に話を聞いて味方するようになったそうだ。

「いま、倉森は勝元のところに身を潜めているのか」

「どこか、知らないが、勝元のところではないはずだ」

平松が、勝元家は三百石の旗本の次男坊なので、倉森たちを屋敷に連れ込んで宿泊させるのはむずかしいことを話した。

「では、倉森たちはどこにいるのだ」

さらに、源九郎が訊いた。倉森の居所が知りたかったのだ。

「旗本のところではないかな」

平松によると、牧沢道場に出入りしている門弟のなかには旗本の子弟もいるので、そこに倉森は身をひそめているのではないかという。

「ところで、おぬしは倉森といっしょに高崎から江戸に出た反町と伊達のふたりを知っているな」

源九郎が声をあらためて訊いた。

「知っている」

「ふたりは、いま、どこにいる」

一ツ目橋のたもとで戸坂と彩乃を襲ったとき、反町と伊達がいなかったので、別に行動しているのではないか、と源九郎はみていたのだ。

「いまは、倉森どのといっしょにいるはずだ」

平松によると、倉森たちは江戸に来た当初、戸坂たちに気付かれないように別に行動することが多かったが、いまはいっしょにいるらしいという。

源九郎は一通り平松から話を聞くと、戸坂と菅井たちに、「何か訊くことはあるか」と声をかけた。

すると、戸坂が身を乗り出すようにして、

「平松、書面にでも認めて、長屋を襲うのはやめるよう、倉森たちに伝えてくれ。わしらが、長屋を出てもいい」

と、訴えるような口調で言った。戸坂は自分たちのために、長屋が襲われることを強く懸念していたのだ。

「おれが何を書いても、どうにもならぬ」

そう言って、平松は肩を落とした。

先に捕らえた伊東もそうだが、平松も独り暮らしの菅井か安田の家に監禁することにした。そして、頃合をみて放免することになるだろう。

四

源九郎たちが平松を捕らえて話を聞いた翌日だった。

陽がだいぶ高くなってから、源九郎と戸坂が昨夜のめしを湯漬けにして食っていると、戸口に駆け寄る下駄の音がし、

「華町の旦那!」

と、お熊の声がした。

源九郎が声をかける間も置かず、すぐに腰高障子があいて、お熊が顔を出した。

「どうした、お熊」

源九郎が訊いた。

「た、大変だよ! 八助(やすけ)さんが」

お熊が、喘(あえ)ぎながら言った。だいぶ、急いで来たらしい。

「八助というと、大工か」

源九郎は、長屋に八助という手間賃稼ぎの若い大工がいることを知っていた。

「そ、そうだよ。……八助さんが、血塗れになって長屋に帰ってきたんだ」

「何かあったのか」

源九郎の脳裏に、倉森たちのことが過ぎった。

「いま、八助さんは井戸端にいるから、聞いておくれ……。あたし、旦那に知らせようと思って、急いで来たんだ」

「すぐ、行く」

源九郎は、手にした丼を置いて立ち上がった。

「わしも、行く」

戸坂も立った。

源九郎と戸坂は戸口から出ると、井戸端にむかって走った。後から、お熊がよたよたとついてきた。

井戸端に、人だかりができていた。菅井や茂次たちの姿があった。長屋の女房や亭主、子供たち、年寄りも集まっている。

「華町、ここだ」

菅井が、人だかりのなかほどで手を上げた。

源九郎が菅井のそばに行くと、八助が血塗れになって地面に尻餅をついていた。女房のおくわは、「おまえさん、しっかりしておくれ」と泣き声で言いながら、後ろから八助を抱えるようにしていた。

源九郎は、八助の脇にかがんで傷を見た。肩口から胸にかけて、袈裟に斬られていた。出血は多かったが、命にかかわるような傷ではなかった。皮肉を浅く裂かれただけである。八助とおくわは、出血が多いので気が動転しているらしい。

「心配するな。それほどの傷ではない」

そう言った後、源九郎はそばにいるお熊たちに、「長屋をまわってな、綺麗な晒があったら貰ってきてくれ」と頼んだ。念のために、手当てをしておこうと思ったのだ。

すぐに、そばにいたお熊と何人かの女房がその場を離れた。

「八助、だれにやられた」

源九郎が訊いた。

「ろ、路地木戸を出たところで、二本差しに……」

八助が、声を震わせて話したことによると、八助は仕事に行くために路地木戸を出たところで、三人の武士に取り囲まれたという。三人は八助に、戸坂と彩乃が長屋にいるか確かめた後、源九郎や菅井のことも訊いたそうだ。

「それで、八助は話したのか」

「こ、殺されると、思って……」

八助が首をすくめて言った。

「気にするな。どうせ、分かることだ」

源九郎は八助から話を聞き、

……倉森たちは、今日のうちに踏み込んでくる！

と、思った。八助から話を聞いた武士が、ひとりではなく三人もいたことから、長屋の様子を探りにきただけではないと踏んだのだ。

この場にとどまっていると、倉森たちに殺られる、と源九郎はみた。それに、こうしているところに倉森たちが踏み込んできたら、戸坂と彩乃は守れないし、長屋の住人からも犠牲者が出るだろう。

「ここで、手当てはできない。菅井、手を貸せ。八助を家に連れていく」

源九郎は、その場にいた安田や孫六たちに、井戸端近くにいる長屋の者たちをすぐに家に帰すよう頼んだ。

「華町の旦那、手分けして長屋をまわってくる」

孫六が目をひからせて言った。どうやら、孫六や茂次たちも、倉森たちが長屋に踏み込んでくることを察知したらしい。

源九郎が菅井とふたりで八助を立たせ、家へ連れて行こうとした。すると、戸坂が源九郎に身を寄せ、

「わしは、彩乃のそばにいる」

と言い残し、急いで彩乃のいる家にむかった。倉森たちが踏み込んできたら、彩乃を守らねばならないと思ったらしい。

源九郎と菅井は、八助と女房のおくわを源九郎の家に連れていった。そして、手当てを始めたところに、お熊たちが晒を手にして入ってきた。

「お熊たちは長屋をまわって、外にいる者に家に入るように話してくれ」

源九郎が、土間にいるお熊たちに頼んだ。

「だ、旦那、八助さんに怪我をさせたやつらが、長屋に押し込んでくるのかい」

お熊が、顔をこわばらせて訊いた。

「それが、はっきりしないのだ。……いいか、用心のためだと言うのだぞ」

源九郎が念を押した。下手に騒ぎたてると、長屋中が蜂の巣をつついたような状態になる。

「分かった。すぐに、長屋をまわってくる」

お熊は、そばにいた女房たちと戸口から出ていった。

源九郎は菅井に手伝ってもらって、八助の傷の手当てを始めた。手当てといっても、傷口を水で洗い、晒を巻くだけである。

源九郎たちが、八助の傷の手当てを終えていっときしたとき、路地木戸に近い棟の方から、女の甲高い悲鳴が聞こえた。

「菅井、来たぞ」

源九郎が菅井に声をかけた。

「ここで、やつらを迎え撃つか」

「いや、彩乃の家がいい。倉森たちは、まっすぐ彩乃の家にむかうかもしれん」

倉森たちが、彩乃のいる家を長屋の者から聞いて知っていれば、まっすぐそこへ向かうはずである。

「いくぞ」

源九郎は、戸口から飛び出した。

五

源九郎が菅井とふたりで腰高障子をあけて外へ出ると、井戸端辺りで男たちの声と足音が聞こえた。何人もいるようだ。

「こっちへ来るぞ」

菅井が、井戸の方へ目をやりながら言った。

「大勢だな」

長屋の棟の陰になって見えないが、七、八人はいそうだ。

源九郎と菅井は、彩乃の家の戸口まで来ると、

「菅井と華町だ。入るぞ」

菅井が声をかけて、腰高障子をあけた。声をかけたのは、なかにいる戸坂に倉森たちが踏み込んできたと思われて、斬りつけられる恐れがあったからだ。

戸坂と彩乃は、土間の先の座敷に立っていた。ふたりとも闘うための身支度をととのえていた。戸坂は襷で両袖を絞り、袴の股だちを取っている。彩乃も襷を掛け、白鉢巻きをしていた。小袖の裾を帯に挟んでいる。

「彩乃、今日は、父の敵を討とうと思うな。倉森たちは、大勢だぞ」

源九郎が言った。

「はい」

彩乃が目をつり上げて応えた。

「来るぞ」

倉森たちと思われる大勢の足音が近付いてきた。長屋の住人らしい者の悲鳴やあちこちで、腰高障子をしめる音などが聞こえた。

源九郎、菅井、戸坂の三人が、土間に立った。彩乃は座敷のなかほどにいる。まず、源九郎たち三人で、倉森たちを迎え撃つのである。

「倉森たちは、まっすぐここへ来るようだ」

源九郎は刀を抜いた。

すると、戸坂も抜き、菅井は左手を鍔元（つばもと）に添え、鯉口（こいぐち）を切った。居合の抜刀のためである。

大勢の足音が戸口近くでとまった。「ここだ」という男の声につづいて、「やけに静かだ」と、別の男の声がした。
三、四人の足音が、さらに近付いてきた。家のなかの様子を見に来たらしい。足音は戸口のすぐ近くまで来てとまった。数人の人影が障子に映っている。

源九郎は、障子のすぐ前にひとり立ったのを感じとり、

……いまだ！

と、胸の内で声を上げ、障子越しに刀を突き刺した。間を置かず、戸坂も障子越しに刀で突いた。

源九郎がひとを突き刺した重い手応えを感じた次の瞬間、障子に血が飛び散り、障子の向こうで呻き声が聞こえた。

戸坂の切っ先も、障子の向こうにいる敵をとらえたらしく、悲鳴とよろめくような足音が聞こえた。

「障子の向こうにいるぞ！」

「何人もいる！」

男たちの声が、障子の向こうで聞こえた。

「槍（やり）を遣え！」

男の甲走った声が聞こえた。

「倉森だ！」

戸坂が小声で言った。聞き覚えのある声だったのだろう。

源九郎は、菅井と戸坂に座敷に上がるよう手で合図した。腰高障子の向こうか

ら槍で突かれたら防ぐのがむずかしい。

だが、菅井は座敷に上がらず、

「おれにまかせろ」

と、口だけ動かして源九郎に伝え、土間の隅に行って、居合の抜刀体勢をとった。

すぐに、腰高障子の向こうにひとの近付く気配がし、障子を突き破って槍が突き出された。

刹那、菅井が抜刀した。神速の抜き打ちである。

カッ、と乾いた音がし、突き出された槍の口金近くが切断され、槍穂が土間に落ちた。

「槍を斬られた！」

腰高障子の向こうで、男の叫び声が聞こえた。

菅井が納刀したときだった。腰高障子にひとの近付く気配がし、バサリ、と障子が刀で斬り裂かれた。

斬られた障子の間から、戸口に立っている男たちの姿が見えた。倉森が抜き身を手にしている。障子を斬ったのは倉森らしい。

「あけろ!」

倉森が声をかけた。

すると、何人かの男が戸口に身を寄せて障子をあけた。戸口に立っている倉森と数人の男が見えた。見えない場所にもいるらしい。

「いるぞ! 戸坂と彩乃は、ここだ」

倉森が叫んだ。

戸口にいる男たちが、さらに別の障子を開け放った。

「八人か!」

源九郎は、戸口に八人ほどの男が立っているのを見た。いずれも、武士である。ふたりの男が、槍を手にしていた。こうした状況も予想して用意したのだろう。

「反町と伊達もいる!」

戸坂が戸口にいる男たちに目をやりながら言った。

源九郎と菅井が土間の両脇に立ち、座敷の上がり框(がまち)近くに戸坂が刀を手にして身構えた。家に入ってくる者を三人で、迎え撃つためである。

「槍を遣え!」

倉森が声を上げた。

すると、槍を手にしたふたりが、戸口に近付いてきた。

……まずい！

と、源九郎は思った。土間にいると、腰高障子越しに槍で突かれる。

「華町、座敷へ上がれ！」

菅井が声をかけ、すぐに座敷に上がった。菅井もその場にいたら、槍の餌食になるとみたらしい。

源九郎も、座敷に上がった。こうなったら家のなかで闘うしかない。

倉森と槍を持ったふたりが、土間に入ってきた。そのとき、戸口に集まっていた武士たちの背後で、「いたぞ！」「あそこだ！」などという男たちの声が聞こえた。そのなかに、安田と孫六の声もあった。

安田たちが、駆け付けたようだ。

六

「長屋のやつらだ！」

倉森の脇にいた長身の武士が叫んだ。この男は反町だったが、源九郎と菅井には分からなかった。

倉森たちの背後に迫ってきたのは、安田、茂次、孫六、三太郎、平太の五人だった。ただ、その後方に十人ほどの男がいた。長屋の男たちである。男たちは、天秤棒や六尺棒などを手にしていた。家にあった物を摑んで、安田たちの後についてきたらしい。

倉森は後方に集まった安田たちに目をやり、

「武士はひとりだ。恐れることはない」

と、仲間の武士たちに声をかけた後、「勝元、長島、青野、あいつらを、蹴散らせ!」と指示すると、三人がその場を離れ、後方にむかった。なかには槍を手にした武士が、ひとりいた。

これを見た菅井は、いきなり土間へ飛び下り、戸口にいた槍を手にした男に斬り付けた。居合の抜刀のおりに見せる素早い動きである。

槍を手にした男が、絶叫を上げて身をのけ反らせた。男は肩から胸にかけて斬り裂かれ、手にした槍の柄が切断された。

男はよろめき、呻き声を上げながら戸口から逃れた。肩から胸にかけて、血で真っ赤に染まっている。

これを見た源九郎と戸坂も、戸口から外に出た。すこし遅れて、彩乃も戸坂の後ろからついてきた。

戸口近くに残った敵は、三人だった。倉森、反町、伊達である。

戸坂が倉森の前に立ち、

「倉森、お師匠の敵を討たせてもらうぞ」

と言って、手にした刀の切っ先をむけた。

すると、彩乃が戸坂の脇に立ち、

「父の敵！」

と叫び、手にした懐剣を倉森にむけた。

「返り討ちにしてくれるわ」

倉森は青眼に構え、切っ先を戸坂にむけた。倉森は一刀流の遣い手である。構えに隙がなく、どっしりと腰が据わっていた。戸坂の目線につけられた剣尖には、そのまま眼前に迫っていくような威圧感がある。

対する戸坂は、八相に構えた。体が揺れ、顔の表情が変わった。眠っているように生気がない。酒に酔っているようだった。酔剣である。

「老いぼれ、そのような目眩しには、惑わされぬぞ」

倉森は、戸坂の目線にむけた切っ先をかすかに上下に動かし始めた。切っ先の動きで、戸坂の気を乱そうとしたらしい。

だが、戸坂の顔の表情も体の揺れも、まったく変わらなかった。酔剣のままである。

戸坂の脇に立った彩乃は、目をつり上げて倉森を見すえていた。おそらく、戸坂に声をかけられるまで斬り込むな、と指示されているのであろう。

このとき、源九郎は反町と対峙していた。源九郎は青眼に構え、反町は八相にとっている。

源九郎は反町の隙のない構えをみて、

「わしは、鏡新明智流を遣う。おぬし、一刀流か」

と、訊いた。

「いかにも」

「わしの名は、華町源九郎。おぬしの名は」

「反町裕三郎」

反町は隠さなかった。すでに、戸坂たちには知られているので、隠すことはないと思ったのだろう。

源九郎と反町の間合は、およそ三間。まだ、一足一刀の斬撃の間境の外である。ふたりは対峙したまま動かなかった。全身に気勢を漲(みなぎ)らせ、斬撃の気配をみせながら気魄で攻め合っている。

「いくぞ」

源九郎が趾(あしゆび)を這(は)うように動かし、ジリジリと間合を狭め始めた。対する反町は、動かなかった。八相に構えたまま斬撃の機をうかがっている。

源九郎の青眼に構えた剣尖が、槍の穂先のように反町の目に迫っていく。

反町の八相に構えた刀身が、かすかに揺れた。源九郎の剣尖の威圧に気が乱れたのである。

この一瞬の隙を、源九郎がとらえた。

イヤアッ！

裂帛(れっぱく)の気合を発し、一歩踏み込んだ。源九郎の誘いだった。気合と踏み込みで、反町は源九郎が斬り込んでくるとみるはずだ。

反町は鋭い気合を発し、体を躍らせた。

八相から袈裟へ——。閃光がはしった。

刹那、源九郎は体を後ろに引きざま、突き込むように籠手(こて)をみまった。一瞬の反応である。

反町の切っ先が、源九郎の肩先をかすめて空を切り、源九郎の切っ先は前に伸びた反町の右腕をとらえた。

次の瞬間、ふたりは後ろに跳んで大きく間合をとり、ふたたび源九郎は青眼に構え、反町は八相にとった。

反町が苦痛に顔をしかめた。右の前腕が裂け、血が赤い筋を引いて流れ落ちている。

「勝負あったな」

源九郎が声をかけた。反町の右腕の傷は深かった。致命傷ではないが、傷を負ったことで構えがくずれ、太刀筋も乱れるはずだ。

「擦り傷だ」

反町は嘯くように言い、八相に構えたまま源九郎を睨むように見すえた。闘う気は、薄れていないらしい。

安田の前に、勝元、長島、青野の三人が立っていた。まだ、五、六間ほど離れているが手に手に抜き身を持っている。

安田の背後には、孫六、茂次、三太郎、平太の四人がいた。孫六たちは、家にあった天秤棒や六尺棒を手にしている。その孫六たちの後方に、長屋の男たちが十数人集まっていた。天秤棒や鎌などを持った男もいたが、多くが足元にあった石を手にしている。遠くから、石を投げ付けるつもりなのだろう。

安田は動かず、勝元たちがさらに近付くのを待った。勝元たちは、一刀流の稽古を積んだ者たちである。それに、下手にやり合うと、孫六たち四人が斬られる恐れもあった。

安田はひとりで勝元たち三人を相手にすると、後れをとるとみていた。安田はひとりで勝元たち

安田は源九郎や戸坂たちが闘っている場から勝元たちを引き離しておいて、長屋の男たちに声をかけて、礫を浴びせようと思っていたのだ。

「どうした、おれたちが怖いのか」

安田が揶揄するように言った。

「こいつらを、斬れ！」

勝元が長島と青野に声をかけ、安田の前に踏み込んできた。

長島と青野は、孫六たちを無視し、安田の左右にまわり込むように動いた。

「引け！」

安田が孫六たちに声をかけ、すばやく後じさった。すぐに、孫六たち四人も後ろに下がった。

勝元たちは、安田たちを追うように近付いてきた。

安田は勝元たちが、源九郎たちのいる場から離れたのを見ると、

「こやつらに、石を投げろ！」

と、叫んだ。

安田の声で、孫六たち四人が足元の小石を手にして、勝元たちに投げた。これを見た孫六たちの後ろにいた長屋の男たちも、手にしていた石を一斉に勝元たちに投げつけた。バラバラと多数の礫が勝元たちに浴びせられた。

勝元たち三人は、悲鳴を上げて逃げた。

これを見た長屋の男たちは歓声を上げ、「逃げたぞ！」「もっと、投げろ！」などと叫びながら、次々に礫を投げた。

七

源九郎と反町の闘いは、まだつづいていた。

源九郎は反町とおよそ三間の間合をとり、青眼に構えて剣尖を反町の目線につ

けていた。対する反町は八相である。

反町の刀身が揺れていた。源九郎に斬られた右の前腕が血で真っ赤に染まり、赤い筋となって流れ落ちている。

反町は苦痛で顔をしかめていたが、身を引く気配はなかった。

……こやつ、捨て身でくる！

と、源九郎は察知した。

反町は相打ち覚悟で、斬り込んでくるようだ。

源九郎は、迂闊に踏み込めないと思った。己の身を捨てて斬り込んでくる必殺の剣は、どのような刀法より威力があることを源九郎は知っていた。

源九郎は、反町に遠間から斬り込ませるつもりだった。十分な間合があれば、躱すことも受けることもできる。

源九郎が、刀身をわずかに下げて剣尖を反町の目線から外して隙を見せた。すると、反町はその隙をとらえ、一歩踏み込んだ。

オオッ！

と、源九郎は気合を発し、剣尖を大きく下げた。誘いである。

この誘いに、反町が反応した。

甲走った気合を発し、踏み込みざま斬り込んできた。

八相から袈裟へ——。捨て身の斬撃だった。

だが、源九郎は反町の太刀筋を読んでいた。一歩身を引いて反町の切っ先をかわし、刀身を横一文字に払った。一瞬の太刀捌(たちさば)きである。

ビュッ、と反町の首から、血が飛んだ。源九郎の切っ先が、反町の首の血管(ちくだ)を斬ったらしい。

反町は血を撒(ま)きながらよろめき、爪先を何かにひっかけて、つんのめるように前に倒れた。

俯(うつぶ)せになった反町は、両手を地面について身を起そうとしたが、首を擡(もた)げることもできなかった。

反町は俯せになったまま身を捩(ねじ)っていたが、いっときすると動かなくなった。絶命したようである。

このとき、戸坂と彩乃は倉森と闘っていた。倉森は青眼に構え、戸坂は八相にとっていた。すでに、ふたりは一合したらしく、倉森の右袖が裂けていた。ただ、血の色はなかった。

彩乃は戸坂の脇に立って、懐剣を倉森にむけている。

倉森は反町が血に染まって倒れるのを目にすると、すばやく後じさって戸坂との間合を取り、

「勝負は、あずけた！」

と、叫び、抜き身を手にしたまま反転した。そして、味方の武士に目をやり、

「引け！　この場は、引け！」と声をかけ、路地木戸の方へむかって走った。

戸口近くにいた伊達と、安田たちとやり合っていた勝元たち三人が、倉森につづいて走りだした。

これを見た長屋の男たちが、「逃げたぞ！」「石をぶっつけてやれ！」などと、叫びながら逃げる倉森たち五人に礫を浴びせた。

五人のなかには、戸坂に腹を斬られた男もいるらしく、小袖が血に染まっていた。戸坂の一撃は、致命傷にならなかったらしい。

源九郎と菅井は、逃げる倉森たちを追わなかった。ふたりは戸口近くに立っている戸坂と彩乃に目をやり、傷を負った様子がないことを確かめると、戸口の脇に蹲って呻き声を上げている武士に近寄った。その武士は、源九郎に障子越しに刀で脇腹を突かれ、逃げることができずにその場に残ったのである。

菅井が居合で仕留めた敵のひとりは、すこし離れた場所に倒れていた。落命したのか、俯せに倒れたまま動かない。もうひとり、源九郎に斬られた反町も、血塗れになって死んでいた。

源九郎たちのそばに、戸坂や安田たちが集まってきた。長屋の男たちは離れた場所に立って、源九郎たちに目をやっている。

源九郎は蹲っている武士の前に屈み、

「おぬしの名は」

と、穏やかな声で訊いた。

「こ、小松平太郎……」

武士は喘ぎながら名乗った。名を隠すつもりは、なかったようだ。

「牧沢道場の門弟か」

「そうだ」

「長屋に押し込んできたのは、倉森たちに同調したからか」

「おぬしたち他流の者が、一刀流の牧沢道場の者に立ち合いを挑み、伊東どのたちを襲ったと聞いたからだ」

小松の顔に憎悪の色が浮いたが、すぐに顔をしかめて喘ぎ声を洩らした。

すると、小松の話を聞いていた戸坂が、

「倉森たちは、高崎で馬庭念流の笹沢弥左衛門さまを襲って殺し、江戸へ逃げてきたのだぞ。ここにいる彩乃は、笹沢さまのお子だ。女ながら、父の敵を討つために江戸へ出てきたのだ」

と、小松を睨みすえて言った。

「そ、そんな、話は聞いてない」

小松が、戸惑うような顔をした。

「倉森が、おぬしたちにどう話したが知らぬが、倉森たちは父の敵を討とうとしている彩乃を返り討ちにするために、この長屋を襲ったのだ。その証拠に、倉森は彩乃のいる家を真っ先に襲ったではないか」

源九郎が小松を見すえて言った。

小松は無言だった。顔に狼狽（ろうばい）の色が浮いている。倉森たちに、利用されていたことが分かったのだろう。

「倉森は、どこに身を隠している」

源九郎は、倉森の隠れ家を知りたかった。身をひそめているところが分かれば、倉森を討つことができる。

小松はいっとき虚空を見すえていたが、

「どこにいるか、分からない」

と、小声で言った。苦しいのか、顔をしかめている。

「今日、長屋を襲った者たちの家に身を隠しているのではないか」

源九郎が訊いた。

「そ、そうかもしれない。勝元源八郎どのの屋敷か、長島貞四郎(さだしろう)どのか……」

小松は顔をゆがめて、身をよじった。脇腹からの出血で、小袖が蘇芳色(すおういろ)に染まっている。

「勝元と長島の家は、幕臣か」

源九郎が声を大きくして訊いた。

「そうだ」

「御家人か」

「い、いや、旗本だ。ふたりとも、次男坊と聞いている」

「屋敷はどこにある」

「ろ、六間堀町(ろっけんぼりちょう)の近く……」

「深川か」

六間堀町は、はぐれ長屋のある相生町一丁目から、遠くなかった。一ツ目橋を渡り、御舟蔵の脇を左手におれて東にむかうと、六間堀に突き当たる。その六間堀沿いに、六間堀町はひろがっている。

小松の喘ぎ声が激しくなった。体も顫(ふる)えている。

……小松は長くない。

と、源九郎はみた。

源九郎は小松を長屋に運んで手当てしてやろうと思い、菅井や安田といっしょにはぐれ長屋に連れていき、彩乃の住む家に運び込んだ。

そして、傷口に古い着物をあてがって出血を抑えた。手当てといっても、それくらいしかできない。

その日、長屋が夜の帳(とばり)につつまれたころ、源九郎たちの手当てもむなしく小松は落命した。

第四章　勾引（かどわかし）

一

「菅井、行くか」

源九郎は、菅井の家の戸口で声をかけた。これから、倉森の隠れ家をつきとめるために、六間堀町に行くつもりだった。

「待ってたぞ」

菅井は、すぐに腰高障子をあけて出てきた。

「華町、朝めしは食ったのか」

「食った。このところ、戸坂どのといっしょだからな。めしも炊いているよ」

源九郎ひとりのときは、滅多にめしを炊かなかったが、ふたりで棲（す）むようになってから、夕めしの折に、翌朝の分も炊いておくのだ。

「戸坂どのは、稽古か」

菅井が路地木戸にむかいながら訊いた。

「彩乃と稽古を始めたはずだ」

源九郎は、先に戸坂を送り出してから菅井のところへ来たのだ。

戸坂は、長屋の棟の隅の狭い稽古場で、彩乃とふたりで稽古を始めたはずである。このところ、長屋の子供たちも稽古を見たりしなかった。素振りや構えの稽古が中心だったので、見てもおもしろくないのだ。

源九郎と菅井は路地木戸をくぐると、竪川にかかる一ツ目橋の方に足をむけた。

ふたりは一ツ目橋を渡ると、大川沿いの道を南にむかった。すぐに、御舟蔵の脇に出たが、いっとき歩いてから左手の通りに入った。通り沿いには、御家人や小身の旗本屋敷がつづいていた。

源九郎は六間堀に突き当たる前に、通りかかったふたり連れの中間に、

「旗本の勝元さまのお屋敷を知っているか」

と、勝元の名を出して訊いた。

「勝元さまですか」

小太りの男が首をひねると、もうひとりの若い男も、「あっしも、知りやせん」と小声でつぶやいた。

「長島さまは、どうだ。やはり、旗本だ」

「長島さまなら知ってやすぜ」

小太りの男が、六間堀の方を指差し、

「この道を二町ほど歩きやすと、右手に入る道がありやす。そこを入ると、すぐでさァ」

と言って、歩き出そうとした。

「何か目印はあるか」

さらに、源九郎が訊いた。

「目印はねえが、近くにある旗本のお屋敷は、長島さまのとこだけで」

小太りの男はそれだけ話すと、首をすくめるように頭を下げ、若い男といっしょにその場を離れた。

源九郎と菅井は、六間堀の方へむかった。

「その道だ」

菅井が、右手に入る道を指差して言った。

ふたりは、右手の道に入った。二町ほど歩くと、道沿いに築地塀(ついじべい)をめぐらせた武家屋敷があった。三百石ほどであろうか。片番所付の長屋門である。

「この屋敷だな」

源九郎が言った。付近に、旗本屋敷はないので、長島家の屋敷とみていいだろう。

「念のために、だれかに訊いてみるか」

菅井が屋敷の表門に目をやりながら言った。

源九郎と菅井は、旗本屋敷の斜向(はす)かいにあった、武家屋敷にめぐらせた板塀の陰に身を隠した。御家人の屋敷らしい。

ふたりが板塀の陰でいっとき待つと、板塀をめぐらせた屋敷の木戸があいて、下男らしい老齢の男が出てきた。

「あの男に、訊いてみるか」

源九郎が板塀の陰から出ると、菅井はすこし間を置いてから源九郎の後についてきた。

源九郎は男が屋敷から遠ざかるのを待って、声をかけた。

「何か、御用ですかい」

男が不安そうな顔で訊いた。

「ちと、訊きたいことがあるのだ。歩きながらでいい」

そう言って、源九郎はゆっくりとした歩調で歩きだした。男は黙って源九郎の後からついてきた。

「そこにあるのは、長島さまのお屋敷かな」

源九郎は、振り返って背後の屋敷を指差した。

「そうで」

男が小声で言った。

「実は、長島家に剣術の強い方がいると聞いてきたのだがな」

「貞四郎さまですかい」

男によると、貞四郎は長島家の次男だという。

「それがしの知り合いの倉森という男が、剣の遣い手でな。貞四郎どのと同門ということもあって、ちかごろ長島家で寝泊まりしているらしいが、知っているか」

源九郎は、倉森の名を出した。

「知らねえ」

男は素っ気なく言った。

「それがしは、倉森どのに用があって訪ねてまいったのだが、貞四郎どのが大柄な武士と歩いているのを見たことはないか」

源九郎は歩調を緩め、男と肩を並べて歩いた。

「ありやすよ」

「あるか。ちかごろのことだな」

源九郎の声が大きくなった。

「三日ほど前でさァ」

「ふたりで歩いていたのだな」

「ふたりで、大川の方へ歩いていきやした」

「そうか」

源九郎は、助かったぞ、と中間に声をかけて足をとめた。そこへ、菅井が足早に近寄ってきた。

「話を聞いたぞ。倉森は、長島家に寝泊まりしているかもしれんな」

菅井が目をひからせて言った。

「しばらく、長島家の屋敷を見張ってみるか」

うまくすれば、倉森が姿を見せるかもしれない、と源九郎は思った。

二

源九郎と菅井は、御家人の屋敷の板塀の陰にもどり、長島家の屋敷に目をやった。これから、ふたりで屋敷を見張るのである。

「腹が減ったな」

菅井が頭上に目をやって言った。

陽は西の空にかたむいていた。八ツ半（午後三時）ごろではあるまいか。源九郎と菅井は、朝めしを食ってから何も口にしていない。

「六間堀沿いまで行けば、めしを食うところがあるかな」

六間堀沿いには、町家がつづいていた。一膳めし屋か、そば屋ぐらいあるだろう。

「あるはずだ」

「菅井、先に食ってこい。おれが、見張っている」

見張るだけなら、ひとりでもできる、と源九郎は思った。

「すまんな」

菅井は、その場を離れた。

ひとりになった源九郎は、立っているのに疲れたので、板塀の陰にかがんで長島家の屋敷に目をやった。

倉森も長島も、なかなか姿を見せなかった。屋敷から出てきたのは、若党ふうの武士がひとりだけである。

半刻(一時間)ほどして、菅井がもどってきた。

「どうだ、倉森は姿を見せたか」

菅井が訊いた。

「いや、倉森も長島も姿を見せん」

「今度は、おれが見張る。華町はめしを食ってこい」

菅井によると、六間堀沿いに出ると一膳めし屋があるという。

「行ってくる」

源九郎も腹が減っていたので、すぐにその場を離れた。

源九郎がその場にもどったのは、陽が武家屋敷の先に沈んでからだった。西の空は茜色に染まっている。

「だれも、姿を見せん」

菅井が、源九郎の顔を見るなり言った。

「今日は、諦めるか」

ここは、はぐれ長屋から近かった。源九郎は、明日もこの場にきて長島家の屋敷を見張ってもいいと思った。

「長屋に帰ろう」

菅井が、うんざりした顔で言った。見張りに飽きたらしい。

源九郎と菅井は、板塀の陰から出ると、来た道をたどってはぐれ長屋にむかった。ふたりが長屋の路地木戸をくぐると、淡い夕闇につつまれた長屋が見えた。ぽつぽつと灯の色がある。

井戸端で人声が聞こえた。お熊やおまつなど、長屋の女房連中らしい。見ると、四人集まっていた。

「華町の旦那と、菅井の旦那だよ」

お熊の声が聞こえた。

井戸端にいた四人の女房が、源九郎と菅井のそばに駆け寄った。

「た、大変だよ！」

お熊が、声をつまらせて言った。

「どうした」

源九郎は、長屋で何かあったらしいと察知した。

「おはつさんとこの、房坊が」

お熊が声をつまらせて言った。でっぷり太った体が顫えている。

おはつは、長助という左官の女房だった。房吉はふたりの子で、七つになるはずである。一人っ子だったので、夫婦は目のなかに入れても痛くないほど可愛がっていた。

「房吉が、どうかしたのか」

源九郎が訊いた。

「連れていかれたんだよ、お侍に」

「なに、侍に連れていかれたと！」

源九郎の脳裏に、倉森たちのことがよぎった。房吉を攫ったのではあるまいか。

「連れていったのは、だれか分かるか」

すぐに、源九郎が訊いた。

「分からないらしいよ。……おくらさんがね。路地木戸のところで、ふたりのお侍が、房坊を連れていくのを見たらしいんだ」

お熊やおまつたちが話したことによると、おくらから話を聞いたおはつは、お熊たちといっしょに長屋中を探し、さらに表の通りを竪川近くまで探しまわったが、房吉の姿はなかったという。

「それで、房吉を攫った者は、何か言ってきたのか」

武士が攫ったとすれば、身の代金目当てではないだろう。何か目的があって、攫ったはずである。

「何も言ってこないようだよ」

「おはつと長助は、どこにいる」

「ふたりとも、家にいるよ」

「様子を訊いてみよう」

源九郎と菅井がおはつの家にむかうと、お熊たちがついてきた。すでに、長屋は夕闇につつまれていたが、お熊たちは家に帰る気はないようだ。

おはつの家の前に、長屋の住人たちが集まっていた。女房たちが多いようだが、男たちの姿もあった。子供たちも親たちに身を寄せて、心配そうにおはつの家の戸口を見つめている。

集まっている人だかりのなかから、「華町の旦那だ」「菅井の旦那も、いっしょだよ」などという声が聞こえた。

「前をあけてくれ」

源九郎は集まっている者たちに声をかけ、戸口まで行って腰高障子をあけた。

土間に、数人の男女が立っていた。同じ棟に棲む女房と亭主たちらしい。座敷のなかほどに、おはつと長助が座っていた。おはつは肩を震わせ、両手で顔を覆っていた。長助は蒼(あお)ざめた顔で、虚空を睨(にら)むように見すえている。

「長助、房吉が攫われたそうだな」

源九郎が訊いた。

長助は土間に立っている源九郎に顔をむけ、

「は、華町の旦那！　房吉が、房吉が……」

と、声をつまらせて言った。すると、そばにいたおはつが、戸口に顔をむけ、

「房吉を助けて！」と涙声で言い、源九郎と菅井にむかって手を合わせた。

「何としても、房吉を連れもどさないとな。それで、房吉を連れ去った者から、何か言ってきたか」

源九郎が訊いた。

「な、何も、言ってこねえ」

長助が声をつまらせて言った。

その夜、房吉を連れ去った者たちから、何の連絡もなかった。

三

翌朝、源九郎は朝餉を終え、六間堀町へ出掛けるか迷っていると、戸口に近寄る下駄の足音がした。

腰高障子があいて、顔を見せたのは菅井だった。そばに、お熊が立っている。何かあったらしく、ふたりの顔がこわばっていた。

「華町、すぐに来てくれ」

菅井はいつになく緊張していた。

「どうした」

「路地木戸のところに、房吉を攫ったやつらが来てるようだ」

菅井が低い声で言った。

「あ、あたしと、おまつさんで、長屋から出ようとしたら呼びとめられて……」

お熊が、声を震わせた。

「ひとりか」

「ふたり来てる。戸坂さまか、華町の旦那を連れてこいって」

「まだ、ふたりは路地木戸にいるのだな」

源九郎は腰を上げた。

すると、座敷で源九郎たちのやり取りを訊いていた戸坂が、

「わしも行く」

と言って、立ち上がった。戸坂は、悲壮な顔をしていた。長屋の子供が攫われたのは、自分たちのせいだと思っているのかもしれない。

源九郎は、ちいさくうなずいただけで何も言わなかった。戸坂の胸の内が分かったからだ。

源九郎たちが路地木戸から出ると、ふたりの武士が路傍に立っていた。伊達と勝元である。

「戸坂も、いっしょか。都合がいいな」

伊達が薄笑いを浮かべた。

「うぬらだな、長屋の子供を攫ったのは」

源九郎が、伊達を見すえて言った。

「そうだ」

伊達は否定しなかった。

そのとき、源九郎の脇にいた戸坂が、

「何の関わりもない長屋の子を、なぜ、攫った」

と、怒りに声を震わせて言った。

「おぬしも、同じことをやったではないか。何のかかわりもない長屋の者たちを味方につけて、おれたちを斬ろうとしたのだからな」

伊達が語気を強くした。口元の薄笑いが消えている。

「わしらは、戸坂どのに助太刀を頼まれたわけではない。おぬしたちが、あまりに卑怯（ひきょう）な真似をするので、見ていられなかっただけだ」

源九郎が言うと、

「一ツ目橋のたもとで、倉森はかかわりのない勝元と平松を味方にして、戸坂どのたちを襲ったではないか」

菅井が目をつり上げて言い添えた。

「いずれにしろ、おぬしら長屋の者に、手を引いてもらおうと思ってな。子供を連れていったのだ」

伊達は鋭い目で源九郎たちを見すえた。

「手を引かなかったら、どうする」

「餓鬼の命はない」

「うぬらは、それを言うためにここに来たのか」

「それだけではない」

伊達は戸坂に目をやり、

「戸坂と彩乃に、この長屋から出てもらう」

と、語気を強くして言った。

「わしらに、長屋から出ていけというのか」

戸坂が戸惑うような顔をした。

「そうだ」

「断ったら、どうする」

源九郎が口をはさんだ。

「餓鬼の命はない。長屋の者に戸坂たちが長屋に居座ったので、餓鬼を殺したと言い触らしてやる」

伊達が嘯(うそぶ)くように言った。

「卑怯な！」

戸坂の顔が、怒りで赭黒(あかぐろ)く染まった。

「餓鬼を殺されたくなかったら、おれたちの言うとおりにすることだ」

そう言って、伊達が踵(きびす)を返そうとすると、
菅井が、「待て」と声をかけ、

「おぬしたちふたりを、いまここで斬ったらどうなる」

と、刀の柄(つか)に右手を添えて言った。いまにも、抜刀しそうな気配がある。

「おれたちが、帰らなかったら、餓鬼を殺すことになっている。餓鬼の命が惜しかったら、おれたちに手を出すな」

そう言って、伊達は踵を返した。

すると、いっしょにいた勝元が、

「戸坂、近いうちにどこかで、会うことになりそうだな」

と言い残し、伊達の後につづいた。

源九郎たちは路地木戸の前に立って、遠ざかっていく伊達たちの後ろ姿を見送っていたが、

「わしと彩乃は、すぐに長屋を出る」

　と、戸坂が言った。その顔に悲壮な色があった。

　源九郎は顔をしかめて虚空を見すえていたが、何か思いついたのか、急に表情をやわらげ、

「いい隠れ家がある」

　と、声をひそめて言った。

「どこだ」

　菅井が身を乗り出して訊いた。

「大家の伝兵衛のところだ」

　伝兵衛は老妻のお徳とふたりで、はぐれ長屋の近くの借家に住んでいた。ちいさな家だが板塀でかこってあり、通りからは見えにくい。それに、伝兵衛は源九郎たちを信頼していて、長屋で何か揉め事があると、源九郎たちに頼むことが少なくなかった。そうした関わりがあったので、源九郎が頼めば戸坂たちを匿ってくれるだろう。

「伝兵衛は、老妻とふたりで暮らしていてな、事情を話せば、しばらく住まわせてくれるはずだ」

「伝兵衛のところがいいな」

菅井が言い添えた。

四

その日の昼過ぎ、源九郎の家に仲間たちが顔をそろえた。源九郎、菅井、安田、孫六、茂次、三太郎、平太の七人である。

源九郎が、仲間たちに戸坂と彩乃を大家の伝兵衛の家に匿ってもらったことを話した後、

「だが、大家のところに身を隠しても、いずれ知れる。それに、房吉を早く助け出さないと、どうなるか分からんぞ」

と、言い添えた。房吉を監禁している場所にもよるが、倉森たちがまともに房吉の世話をしているとは思えなかったのだ。

「どうする」

安田が訊いた。

「ともかく、わしらの手で房吉の居場所をつきとめよう」

源九郎は、仲間たちで手分けして房吉の監禁場所をつきとめようと思って集ま

ってもらったのだ。

七人で話し、三組に分かれることにした。源九郎、孫六、平太の三人、菅井と茂次、安田と三太郎がそれぞれ組むことになった。

そして、菅井と茂次が長島家の屋敷、安田と三太郎が牧沢道場、源九郎たち三人は、勝元の屋敷を探ることにした。まだ、勝元の屋敷はどこにあるか摑(つか)んでなかったが、六間堀町にあることは分かっていたので、つきとめるのはそう難しくないだろう。

源九郎たち七人は、はぐれ長屋の路地木戸を出たところで別々になった。

「旦那、六間堀町へ行きやすか」

孫六が、源九郎に訊いた。

「そうだ。勝元家は旗本なので、六間堀町で訊けば分かるはずだ」

「行きやしょう」

孫六が勇んで言った。

源九郎たち三人は一ツ目橋を渡り、御舟蔵の脇まで行くと左手の通りへ入った。そこは、菅井とふたりで長島の屋敷をつきとめたときに通った道である。

源九郎は長島の屋敷に通じる道より手前で、左手の路地に入った。路地沿いに、御家人の屋敷がつづいている。

「勝元の家は、旗本ですかい」

歩きながら、孫六が念を押すように訊いた。

「そう聞いている」

「この辺りは、旗本屋敷はねえようだが……」

孫六は首をひねった。

「しばらく、歩いてみよう」

源九郎たちがいっとき歩くと、前方からふたり連れの武士がくるのが目にとまった。ふたりとも、若い武士だった。界隈（かいわい）に棲む御家人の子弟かもしれない。

「おれが訊いてみる」

源九郎はふたりの武士に近寄り、

「ちと、お尋ねしたいことがござる」

と、声をかけた。

「それがしたちですか」

面長の武士が、戸惑うような顔をして訊いた。まだ、十七、八と思われる若侍である。もうひとりは、浅黒い顔をした男だった。やはり、十七、八らしい。

「この辺りに、勝元さまのお屋敷があると聞いてまいったのだが、お屋敷をご存じかな」

「勝元さまですか」

面長の武士が首をひねると、

「旗本ですか」

脇にいた浅黒い顔の武士が訊いた。

「そうだが」

「六間堀の近くにあると聞いてますよ」

浅黒い顔の武士が、さらにつづけた。

「この通りを三町ほど行くと、右手に入る道があります。勝元さまのお屋敷は、その道の先だと思いますが」

「かたじけない」

源九郎は、ふたりに礼を言って別れた。

源九郎たち三人は、若い武士に教えられた通りに行ってみた。通りの先に六間堀が見えてきたとき、

「旦那、旗本屋敷がありやすぜ」

孫六が、前方にあった武家屋敷を指差した。

禄高は、三百石前後と思われる旗本屋敷だった。長島家と同じように片番所付の長屋門である。屋敷の周囲に、築地塀（ついじべい）がめぐらせてあった。

「荒れた屋敷だな」

門番所の窓格子が朽ちて垂れ下がっていた。門番はいないようだ。築地塀も、所々崩れている。

「勝元家の屋敷かどうか、確かめたいが」

源九郎は路傍に立って、通りの左右に目をやった。

人影はなかった。通りの先にある六間堀沿いの道を行き来するひとの姿が見えるだけである。

「おれが、訊いてきやす。ふたりは、ここにいてくだせえ」

平太はそう言い残し、走りだした。見る間に、平太の後ろ姿が遠ざかっていく。

「足の速（はえ）えやつだ」

孫六が、苦笑いを浮かべた。

源九郎たちが路傍に立ってしばらく待つと、平太が走ってもどってきた。

「知れたか」

　すぐに、源九郎が訊いた。

「へい、勝元家の屋敷にまちげえねえ。源八郎は次男坊で、剣術道場に通ってるそうでさァ」

　平太が口早に言った。

「平太、いろいろ訊いてきたじゃァねえか。見直したぜ」

　孫六が感心したような顔をした。

「さて、どうする」

　源九郎が孫六と平太に目をやった。勝元家に房吉が監禁されているかどうか、探らねばならないが、どうするか訊いたのである。

「屋敷の奉公人に訊くのが、早えんじゃァねえかな」

　孫六が言った。

「そうするか」

　源九郎は、勝元の屋敷からすこし離れたところにあった稲荷(いなり)を目にとめた。ちいさな稲荷だったが、松や椿などが祠(ほこら)をかこっていた。その樹陰に身を隠して、話の聞けそうな者が通りかかるのを待つのである。

源九郎たち三人は稲荷の境内に行き、樹陰に身を隠した。

五

「出てこねえなァ」

孫六が生欠伸(なまあくび)を噛み殺して言った。

源九郎たちが稲荷の境内に来てだいぶ経った。すでに辺りは、淡い夕闇につつまれている。

源九郎たちが境内に身を隠して勝元の屋敷を見張り始めてから、屋敷から出てきたのは中間ひとりだった。その中間に、源九郎がそれとなく屋敷内の様子を訊いたが、房吉が監禁されているかどうか、分からなかった。

「旦那、暗くなったら、屋敷に忍び込んでみやすか」

孫六が、目をひからせて言った。

「いや、今日は諦めよう」

源九郎は、はぐれ長屋にもどることにした。菅井や安田たちが房吉の監禁場所をつきとめたかもしれないので、勝元家の屋敷内に忍び込むのは、それを聞いてからにしようと思ったのだ。

源九郎の家にもどり、姿を見せた菅井や安田たちに訊くと、長島家の屋敷にも牧沢道場にも房吉を監禁している様子はないとのことだった。

翌日の午後、源九郎たち三人は、あらためて六間堀町にむかった。

「聞き込みで、房吉が屋敷に閉じ込められているかどうかはっきりしなかったら、忍び込んでみるか」

源九郎が言った。

「そうしやしょう」

孫六は、その気になっている。

源九郎たち三人は、昨日と同じ稲荷の境内に身をひそめて、通りかかった者から話を訊くことにした。

源九郎たちは、通りかかった近所の屋敷に奉公する中間や勝元の屋敷から出てきた下働きの男などに、それとなく訊いてみたが、房吉が監禁されているかどうかはっきりしなかった。ただ、下働きの男が、屋敷内で子供らしい男の声を聞いたことがある、と話したので、房吉が監禁されている可能性はあった。

「暗くなったら、屋敷内に忍び込んでみるか」

源九郎が言うと、

「そうしやしょう」

すぐに、孫六が応えた。平太もそのつもりだったらしく、黙ってうなずいた。

源九郎たちは、辺りが深い夜陰につつまれるのを待ってから動いた。屋敷内には、所々に灯の色があった。起きている者が、何人もいるらしい。

源九郎たちは足音を忍ばせて築地塀沿いを歩き、屋敷内に侵入できる場所を探った。築地塀に何カ所か崩れかかったところがあり、そこから侵入できそうだったが、思いとどまった。さらに崩れて、屋敷の者に気付かれる恐れがあったのだ。

屋敷の裏手まで行くと、裏門の脇の切り戸がすこしあいていた。奉公人が、しめ忘れたらしい。

「ここから入るぞ」

源九郎が声を殺して言った。

三人は切り戸から敷地内に侵入した。そこは、屋敷の裏手だった。灯が洩れている。源九郎たちは、足音を忍ばせて灯の洩れている場所に近付いた。

屋敷内で、水を使う音がした。くぐもった声も、聞こえた。そこは、台所らしかった。下男か女中が、洗い物でもしているようだ。

源九郎たちは足音を忍ばせて雨戸や窓下などに身を寄せ、聞き耳をたててなかの様子を探りながら屋敷の表にむかった。

「旦那、この部屋にだれかいやすぜ」

孫六が、声を殺して言った。

源九郎が窓下に身を寄せて聞き耳をたてると、衣擦れの音とくぐもったような女の声がした。源九郎は、屋敷で暮らす勝元家の妻女や女子ではないかと思った。

さらに、源九郎たちは屋敷のなかの物音を聞きながら表にむかった。源九郎がたててある雨戸に耳を寄せたとき、なかで子供のすすり泣くような声がかすかに聞こえた。

……房吉か！

源九郎は胸の内で声を上げた。

そばにいた孫六と平太に、ここかもしれぬ、と声を出さずに口だけ動かして知らせ、屋敷内を指差した。

孫六と平太が、雨戸に耳を近付けた。そのとき、廊下を歩く足音がした。屋敷の表から歩いてくるようだ。大人の男を思わせる重い足音である。

足音は源九郎たちのすぐ近くでとまり、襖をあけるような音がした。つづいて、畳を踏む音がし、「小僧、めしを食ったか」という男の声がした。

……ここだ！

房吉はここに監禁されている、と源九郎は確信した。

脇にいる孫六が顔を突き出すようにして源九郎を見つめ、「旦那、ここですぜ」と声には出さず、口だけで知らせた。

源九郎は無言でうなずき、孫六と平太にこの場から離れることを手で知らせた。三人は足音を忍ばせて、屋敷の表にむかった。源九郎は、さらに屋敷内を探ってみようと思ったのだ。屋敷には、勝元の他に倉森や勝元家に仕える家士もいるのではあるまいか。

源九郎たちが屋敷の表にまわると、玄関の脇の座敷に灯の色があった。男の声が聞こえた。何人かいるようだ。

源九郎たちは、足音を忍ばせて座敷の脇へむかった。座敷には濡れ縁があり、その前に坪庭のような感じの狭い庭があった。松と紅葉が植えられ、一抱えほどの庭石が置いてあった。

源九郎たちは、その庭木と庭石の陰に身を隠して聞き耳を立てた。

　座敷にいるのは、言葉遣いから武士と知れた。三人いるらしい。しばらく、話し声を聞いていると、会話から三人がだれか知れた。勝元、倉森、伊達の三人である。勝元たちは、酒を飲んでいるらしかった。

　勝元たちは戸坂や源九郎たちのことを話していたが、いっときすると深川にある女郎屋の話になった。酒のせいもあるのか、次第に下卑(げび)た話に変わってきた。

……もどるぞ。

　源九郎が、孫六と平太に手で合図してその場を離れた。

　源九郎たちは屋敷の裏手にもどり、切り戸から外に出た。三人は深い夜陰につつまれた道をはぐれ長屋にむかった。

「華町の旦那、房吉をいつ助け出しやす」

　孫六が歩きながら訊いた。

「明日だ」

　源九郎は、一刻も早く房吉を助け出したかった。

六

　翌日の午後、陽が西の空をまわってから、源九郎たちははぐれ長屋を出た。源九郎、孫六、平太の三人に、菅井と安田がくわわった。

源九郎は、房吉を助け出すおり、屋敷内にいる勝元たちと斬り合いになるとみていた。それで、腕のたつ菅井と安田もくわえたのである。

源九郎たちは、六間堀町の勝元家の屋敷の近くにある稲荷の境内に身を隠した。そこで、暗くなるのを待つのである。

「あっしが、屋敷の様子を見てきやす」

そう言って、孫六が稲荷の境内から出ていった。

孫六は、通行人を装って勝元家の屋敷に近付くと、草鞋を直すふりをして路傍に屈み、屋敷の様子をうかがっていた。

すぐに孫六は立ち上がり、屋敷の門前を通り過ぎてから、踵を返して稲荷にもどってきた。

「どうだ、屋敷の様子は」

源九郎が訊いた。

「変わりねえ。昨日と同じように屋敷はひっそりしてやすが、声は聞こえやした」

孫六によると、屋敷から武士と思われる男の声がかすかに聞こえたという。

「ここで、暗くなるまで待つか」

源九郎が西の空に目をやって言った。

すでに陽は沈み、稲荷の境内は夕闇につつまれていた。いっときすれば、暗くなるだろう。

源九郎たちは辺りが深い夜陰につつまれ、通りの人影が途絶えるのを待ってから稲荷を出た。

勝元家の屋敷はひっそりと夜の帳につつまれていたが、築地塀越しに覗くと、屋敷から灯が洩れていた。まだ、起きている者がいるようだ。

「こっちだ」

源九郎と孫六が先にたち、築地塀沿いを屋敷の裏手にむかった。

源九郎は裏門の脇の切り戸があいてなかったら築地塀を越えるつもりだったが、切り戸はあいていた。

「ここから、入るぞ」

そう言って、源九郎が先に切り戸をくぐった。

源九郎は、後続の四人が屋敷内に入るのを待って、「ここにいてくれ。おれと孫六とで、様子をみてくる」と言い残し、孫六を連れてその場を離れた。屋敷内に侵入する前に、変わった様子はないか探っておこうと思ったのだ。

屋敷の裏手の台所に灯の色があったが、人声も物音も聞こえなかった。

源九郎と孫六は足音を忍ばせて背戸に近付き、板戸を引いてみた。戸は動いた。あきそうである。

「ここから入れるな」

源九郎が声をひそめて言った。

「へい」

「表へまわってみよう」

源九郎は、孫六とふたりで屋敷の表にむかった。

途中、ふたりは、房吉が監禁されているとみていた部屋の窓下に身を寄せた。何の物音も聞こえなかったが、いっときすると、かすかに寝返りを打つような音がした。房吉は眠っているらしい。

さらに、源九郎たちは、屋敷沿いを歩いて表にむかった。

玄関の脇の座敷に、灯の色があった。人声が聞こえた。何人かいるようだ。おそらく、勝元たちであろう。

「孫六、もどるぞ」

源九郎が小声で言った。

これだけ探れば、十分だった。今日の狙いは、房吉を助け出すことである。勝元たちを討つのが目的ではない。

源九郎と孫六は、菅井たちのいる場にもどった。そして、房吉が監禁されていると思われる場所と、勝元たちは表の座敷にいるらしいことを話し、

「背戸から入り、まず房吉を助けだす」

と、源九郎が言い添えた。

「いくぞ」

源九郎と孫六が先にたった。

足音を忍ばせて背戸に近付き、孫六が板戸を引いた。板戸は、重い音をたててあいた。そこは、台所だった。土間に竈(かまど)と流しがあり、板間には茶碗や丼、酒器などを置く棚があった。

土間の先の板間に置いてあった行灯(あんどん)に、灯が点(とも)っていた。人影はなくひっそりとしていたが、台所に出入りする者がいるとみていい。

表へつづく廊下が、板間の左手にあった。廊下がぼんやりと明らんでいるのは、座敷から洩れる灯のせいであろう。

源九郎たちは、土間から板間に上がった。そして、廊下の近くまで来たとき、かすかに足音が聞こえた。だれか、廊下をこちらに歩いてくる。

……まずい！

と、源九郎は思った。この場で屋敷の者の目にとまり、騒がれたら房吉を助け出すことができない。

「行くぞ！」

源九郎は声を上げ、廊下に走り込んだ。孫六や菅井たちが後ろにつづく。

源九郎たちの足音が、屋敷内にひびいた。

廊下は座敷から洩れる灯でぼんやりと明らんでいた。廊下の先に人影が見えた。はっきりしないが、武士らしい。

「だれだ！」

武士らしい男が、いきなり叫んだ。源九郎たちの姿を目にとめたらしい。

源九郎は廊下を走った。武士より先に、房吉のいる部屋に、踏み込んで助け出さねばならない。

「曲者(くせもの)！」

武士は一声叫んで反転し、廊下を走りだした。表の座敷にいる勝元たちに知らせにいったらしい。

源九郎たちは、廊下を奥にむかった。静寂につつまれていた屋敷内に大勢の足音や男の叫び声などがひびき、騒然となった。

七

「この辺りだ」

源九郎は、房吉が監禁されていると思われる部屋の障子をあけた。

部屋のなかは暗かったが、窓の月明りでぼんやりと座敷の様子が見てとれた。座敷の奥に子供が横になっていた。男の子である。夜具は敷いてなかったが、座布団を体の下にして眠っているようだった。

男の子が、目をひらいて首をもたげた。部屋に入ってきた源九郎たちの足音で、目を覚ましたらしい。

「房吉か」

源九郎が声をかけた。

男の子は身を起し、目を見開いて源九郎たちを見つめた。縛られている様子はなかった。見開いた目が、闇のなかで丸く浮かび上がっている。

源九郎は男の子の前に屈み、

「房吉か」

源九郎が、もう一度訊くと、

「うん」

と言って、男の子がうなずいた。

「おっかさんとおとっつァんのところに、帰してやるぞ」

さらに、源九郎が言った。

すると、房吉が、ワアアッ、と声を上げて泣き出した。長屋にいる父母のことを思い出したのだろう。

そのとき、廊下を走り寄る足音がひびいた。何人もいる。表の座敷にいた勝元たちが駆け付けたらしい。

「房吉、長屋へ帰るぞ」

源九郎は房吉の手を引いて立たせると、「孫六、房吉を頼む」と声をかけた。

源九郎たちは敵が攻撃してきたときは、孫六、平太の二人で房吉を外へ連れ出すことにしてあった。源九郎、菅井、安田の三人で、敵を迎え撃つのである。

源九郎と菅井につづいて、孫六が房吉の手を引いて廊下に出た。平太がつづいた。しんがりは、安田である。

「くるぞ！」

源九郎が廊下に出ると、表からこちらに向かってくる数人の人影が見えた。勝元たちらしい。

源九郎と菅井が前に出て待ち構え、孫六たちは房吉を連れて裏手の台所へむかった。安田は孫六たちの背後についた。房吉を背戸から外へ連れ出すまで、いっしょに行くつもりなのだ。

源九郎と菅井は、廊下に立っていた。

廊下の先に姿を見せた勝元が、

「伝兵衛店のやつらだ！」

と、声高に叫んだ。

勝元たちは、四人いた。勝元は抜き身を引っ提げていた。その刀身が、暗い廊下で青白くひかっている。勝元のそばに、倉森の姿があった。廊下は暗く、他のふたりの顔ははっきりしなかった。

源九郎たちの近くまで来ると、勝元と倉森が足をとめて身構えた。源九郎と菅井から三間ほど間合をとっている。

倉森の背後に、伊達がいるのが分かった。もうひとりは、初めて見る顔だった。勝元家に仕える家士かもしれない。

「ここは、通さぬ」

菅井が、勝元たちを見すえて言った。左手で刀の鯉口を切り、右手を柄に添えている。居合の抜刀体勢をとったのである。

「屋敷まで、乗り込んできおったか！」

勝元が憤怒に顔をしかめた。

「さァ、こい！」

菅井が、ジリジリと間合をつめ始めた。

狭い廊下は、源九郎たちにとって都合がよかった。歩くだけならふたり並べるが、斬り合いになると、一対一でないと刀をふるうことができない。

勝元は菅井と対峙すると、青眼に構えて切っ先をむけたが、すこしずつ後ずさりした。菅井の居合の抜き打ちを恐れたらしい。

背後にいた倉森たちも下がったが、菅井の寄り身の方が速かった。

菅井は摺り足で勝元との間合を狭めると、
イヤアッ！

と鋭い気合を発しざま抜刀した。刹那、勝元は後ろに身を引いたが、間に合わなかった。

閃光が袈裟にはしった。菅井の切っ先が、勝元の右の前腕をとらえた。

勝元は顔をしかめて後じさった。前腕から血が噴出し、赤い筋を引いて流れ落ちている。だが、浅手だった。骨に達するような傷ではなかった。皮肉を裂かれただけらしい。

「ひ、引け！」

倉森が声を上げた。

倉森たち四人は、慌てて後じさった。

源九郎と菅井は、倉森たちを追わなかった。下手に追って広い場所に連れ込まれれば、四人に取り囲まれる。それに、今夜の目的は倉森たちを討つことではなく、房吉を助け出すことだった。

倉森たちが離れると、源九郎と菅井は反転して廊下を裏手にむかって走った。

倉森たちは追ってこなかった。

源九郎と菅井が台所まで行くと、ちょうど安田が背戸から入ってくるところだった。

「安田、房吉はどうした」

源九郎が訊いた。

「孫六たちが、屋敷の外へ連れ出した」

「わしらも行こう。長居は無用だ」

源九郎たち三人は、背戸から外に出た。そして、裏手の切り戸から出て築地塀沿いをたどって通りに出た。

「あそこにいる」

安田が、指差した。

路傍に立っている人影が見えた。孫六たちである。平太が房吉の手を引いている。

「みんな、無事か」

源九郎が声をかけた。

「へい」

孫六が、「旦那たちも、無事でよかった」とほっとしたような声で言った。

「長屋へ、帰ろう」

源九郎たちは、房吉を連れて夜道を歩きだした。

八

房吉を助け出した翌日、陽が沈んでから源九郎の家に男たちが集まった。はぐれ長屋の源九郎たち七人にくわえて、戸坂の姿もあった。孫六が伝兵衛の家に行って、戸坂と彩乃を連れてきたのである。

源九郎たちの膝先には、湯飲みと貧乏徳利が置いてあった。茂次、三太郎、平太の三人で酒屋に行き、酒を買ってきたのだ。

「房吉を無事に助け出した祝いだ」

源九郎がそう言って、湯飲みの酒をかたむけた。

菅井や孫六たちも、旨(うま)そうに湯飲みをかたむけている。ただ、戸惑うような顔をして湯飲みを手にしなかった。

「戸坂どのも、飲んでくれ」

源九郎が貧乏徳利を差し出した。

「どうも、わしは飲む気になれぬ。長屋の者たちに迷惑をかけて済まないと思っている」

戸坂が、困惑したような顔をした。

「戸坂どの、気にするな。長屋には、戸坂どのたちを悪く思っている者はいないぞ。それに、房吉は無事に帰ってきたのだ。みんな、喜んでいるよ」

「そうか」

戸坂は湯飲みを手にした。

源九郎は、戸坂が湯飲みの酒を口にするのを見てから、

「房吉は助け出したが、倉森たちが何か仕掛けてくるのをこのまま待つわけにはいかないな」

と、声をあらためて言った。

「どうする」

安田が訊いた。

「始末をつけるには、戸坂どのたちに敵を討ってもらうしかないが、いまのままではむずかしい」

源九郎が、倉森は伊達といっしょに勝元の屋敷にいることを話し、「屋敷には勝元家に仕える家士もいるので、下手に仕掛ければ、返り討ちに遭う」と言い添えた。

「屋敷から出るのを待ったらどうだ」

菅井が言った。

「それも手だが、倉森は用心して、伊達とふたりだけで屋敷を出ることはあるまい。それに、おれたちが勝元家の近くで見張りをつづければ、すぐに倉森たちに気付かれる」

稲荷の杜(もり)に身を隠して、勝元家の屋敷を見張るのも長くはつづけられない、と源九郎はみていた。

源九郎につづいて話す者がなく、座敷は重苦しい沈黙につつまれたが、

「倉森たちと同じ手を使ったら、どうだ」

安田が声高に言った。

「同じ手とは」

源九郎が訊いた。その場に集まっている男たちの目が、安田に集まった。

「房吉と同じように、人質をとるのだ」

「だれを人質にとるのだ」

菅井が、身を乗り出して訊いた。

「勝元だ」

「勝元だと！」

思わず、源九郎が声を上げた。

「そうだ。勝元を人質にとり、倉森が引き取りにこなければ、勝元を斬ると伝えるのだ。倉森は、勝元を引き取りにくるかどうか分からないが、すくなくとも勝元家にとどまることはできなくなる」

「だが、勝元を捕らえるのはむずかしいぞ」

「いや、勝元を捕らえる場所がある」

勝元家の屋敷に踏み込んで、捕らえることはできない、と源九郎はみた。

安田が語気を強くして言った。

「どこだ」

「牧沢道場だ」

安田によると、牧沢道場を見張ったおり、道場から出てきた門弟に訊いたところ、勝元と長島が、道場主の住む母屋に姿をあらわすことがある、と話したという。

「牧沢道場を見張るのか」

「そうだ。……おれが見張ってもいいぞ」

「おれも、手を貸す」

菅井が言った。

「安田と菅井に頼もう。わしは、長島家を見張ってみる」

源九郎は、長島が姿をあらわせば、討ち取ってもいいと思っていた。長島がいなくなれば、倉森に味方する者が伊達と勝元だけになるのだ。

「これで、話は終わった。今日は、みんなで飲もう」

源九郎が湯飲みを手にして言った。

「ありがてえ。こうやって、みんなで飲む酒は、旨えからな」

孫六は目を細めて湯飲みの酒をかたむけた後、「肴があると、もっといいんだがな」と、言い添えた。

「肴ならあるぞ」

源九郎が立ち上がった。

「は、華町の旦那、肴まで用意してくれたんですかい。ありがてえ。華町の旦那が、神々しく見えやす」

孫六が大袈裟に言って、源九郎にむかって手を合わせた。

「お熊にもらったたくわんだ」

源九郎が流し場に置いてあった皿を手にした。たくわんが載っている。

「たくわんですかい」

孫六は、合わせた手を下ろした。

「ちょうど、八切れある」

源九郎は、たくわんの載った皿を手にして座敷にもどってきた。

「たくわんを、一切れずつか」

孫六は、白(しら)けた顔をして手にした湯飲みの酒を一気に飲み干した。

第五章　攻　防

一

　源九郎、孫六、平太の三人は、武家屋敷の板塀の陰に身をひそめていた。そこから、斜向かいにある長島家の屋敷を見張っていたのだ。

　八ツ（午後二時）ごろだった。源九郎たちが、その場で見張り始めて半刻（一時間）ほど経つ。長島はまだ姿を見せなかった。

「長島は、屋敷にいるのかな」

　孫六が言った。

「分からんな。屋敷からだれか出てきたら、話を聞いてみるか」

　源九郎は、長島が屋敷内にいるかどうかだけでも知りたかった。

それから、半刻（一時間）ほど過ぎただろうか。長島家の表門に目をやっていた孫六が、

「出てきた！」

と、声高に言った。

見ると、表門の脇のくぐりから中間（ちゅうげん）がひとり出てきた。表の通りをこちらにむかって歩いてくる。

「あっしが、訊いてきやすよ」

そう言って、孫六は板塀の陰から出た。

孫六は、中間が近付くのを待ち、

「ちょいと、すまねえ」

と、声をかけた。

「おれに何か用か」

浅黒い顔をした男は、年寄りの孫六に胡散臭（うさんくさ）そうな目をむけた。

「ちょいと、訊きてえことがあってな」

孫六は、「歩きながらで、いいよ」と首をすくめて言い、中間と歩調を合わせて歩きだした。

源九郎が見ていると、孫六は中間と何やら話しながら歩いていたが、半町ほど歩くと、足をとめて踵を返した。話が済んだらしい。

孫六が板塀の陰にもどると、

「何か知れたか」

すぐに、源九郎が訊いた。

「長島は、屋敷にいやす」

孫六が声高に言った。

「いるか」

「長島は屋敷から出るようですぜ」

孫六が中間から聞いた話によると、長島は近くにある旗本の勝元家に行くらしいという。中間は、長島が何しに行くか知らなかったそうだ。

「長島が屋敷から出るのを待つしかないな」

源九郎は、長島の跡を尾けてみようと思った。斬るのは、長島が勝元家を出てからでもいい。

「出てきやした！」

平太が、身を乗り出して言った。

長島家の表門からふたりの武士が姿を見せた。長島と若い武士である。若い武士は、長島家に奉公する若党ではあるまいか。

ふたりは屋敷から出ると、六間堀の方へつづく通りに出た。勝元家の屋敷はその通りの先にある。

いっとき歩くと、長島と若い武士は勝元家の屋敷の表門の前に足をとめ、脇のくぐりからなかへ入った。何度も訪ねたことがあるらしく、慣れた様子である。

「旦那、どうしやす」

孫六が源九郎に訊いた。

「出てくるのを待とう」

長島が、勝元家に何の用で来たか分からないが、いずれ出てくるはずである。

源九郎たちは、以前身を隠して勝元家を見張った稲荷の境内に身を隠した。

「長島は、倉森に話があって来たのかもしれねえ」

孫六が、勝元家の屋敷に目をやりながら言った。

「どうかな」

源九郎がつぶやいた。長島は、たいした用はなくとも勝元家に来て、倉森や勝元と会っているのではあるまいか。

源九郎たちがその場に身を隠してしばらくすると、表門の脇のくぐりから人影があらわれた。三人である。

「勝元も、いっしょですぜ」

平太が身を乗り出して言った。

くぐりから姿を見せたのは長島と若い武士、それに勝元だった。三人は何か話しながら通りを六間堀の方へむかった。

源九郎は長島たちの姿が遠ざかると、

「尾けるぞ」

と言って、稲荷の境内から出た。そして、源九郎たち三人は長島たち三人の武士の跡を尾け始めた。

長島たちは六間堀沿いの道に出ると、北に足をむけた。その道を進めば、竪川につきあたる。

「やつら、どこへ行く気だ」

孫六が言った。

「分からん。ともかく、尾けてみよう」

源九郎たちは、長島たちが振り返っても気付かれないように間をとって跡を尾けた。

長島たちは竪川に突き当たると、川沿いの道を東にむかい、竪川にかかる二ツ目橋を渡った。

「橋を渡ったぞ」

源九郎は足を速めた。孫六と平太も足早に歩き、源九郎の後についてきた。

源九郎たち三人も二ツ目橋を渡った。橋のたもとから、長島たちの後ろ姿が見えた。長島たちは、真っ直ぐ北にむかって歩いていく。その道は、御竹蔵の裏手に通じている。

通り沿いには、武家屋敷がつづいていた。歩いているのは供連れの武士か中間などで、町人の姿はあまり目にしなかった。

孫六が足を速めて源九郎に近付き、

「旦那、この先は石原町ですぜ」

と、目をひからせて言った。

「牧沢道場だな」

石原町には、牧沢道場がある。源九郎は、長島たちが牧沢道場にむかっているとみた。

二

牧沢道場の脇の笹藪（ささやぶ）の陰に、三人の男の姿があった。菅井、安田、それに茂次である。菅井たちは、その場に身を隠して道場の裏手にある牧沢の住む母屋に目をやっていた。勝元が姿をあらわすのを待っていたのである。

「来ねえなァ」

茂次が生欠伸（なまあくび）を噛み殺して言った。

菅井たちが、この場に身を隠してだいぶ経っていた。陽は西の空にまわっている。すでに、道場の稽古は終わり、門弟たちは帰っていた。

「今日は、駄目（だめ）か」

菅井が言った。

「出直しやすか」

そう言って、茂次が両手を突き上げて伸びをした。その両手が、突き上げたままとまった。

「だれか、来やす！」

茂次が昂（たかぶ）った声で言った。

「勝元だ！　長島もいっしょだぞ」

菅井が身を乗り出した。

「三人いやす」

「もうひとりは、何者か分からぬ。初めて見る顔だ」

安田が口をはさんだ。

「勝元と長島のふたりを捕らえるか」

「それもいいが、相手が三人となると面倒だな。ひとりは、逃げられるぞ」

安田は、茂次が武士とやり合うのは避けたかった。

菅井たちがそんなやり取りをしている間に、長島たち三人は道場に近付いてきた。

「三人の後ろ！　華町の旦那だ」

茂次が、声を殺して言った。

華町の後方に、孫六と平太の姿が見えた。

「孫六たちもいる」

「華町どのたちは、長島たちの跡を尾けてきたのだ」

安田が言った。

菅井たちがそんなやり取りをしている間に、長島たち三人は道場の脇から裏手の母屋にむかった。そして、三人の姿が母屋のなかに消えると、

「あっしが、華町の旦那たちを呼んできやす」

茂次が、笹藪の陰から通りへ出た。

源九郎たち三人は、菅井たちと顔を合わせると、

「六間堀から尾けてきたのだ」

源九郎がそう言って、三人の跡を尾けてきた経緯をかいつまんで話した。

「勝元たちは、道場主の牧沢に何か用があったのではないかな」

安田が言った。

「母屋に押し込むか」

菅井はその気になり、笹藪の陰から出ようとした。

「待て！　いま母屋に踏み込むと、牧沢どのとやり合うことになるぞ。牧沢どのは、斬りたくないからな」

源九郎は、牧沢を斬れば、門弟たちを敵にまわすことになると思った。

「ふたりが、出て来るのを待とう」

安田が言った。

源九郎たち六人は笹藪の陰に身を隠して、長島たちが母屋からもどってくるのを待つことにした。

やがて陽が沈み、辺りは夕闇に染まってきた。通り沿いの家や店は、表戸をしめていた。ひっそりとして、聞こえてくるのは風にそよぐ笹の葉の音ばかりである。

「出てきた！」

孫六が声を上げた。

長島、勝元、それに若い武士が母屋から出て、道場の脇に足をむけた。牧沢の姿はない。

「長島と勝元は、峰打ちでしとめろ」

源九郎が念を押すように言った。勝元だけでなく長島も人質にとって、倉森をおびき出すつもりだった。

「おれが、勝元をやる」

安田が言った。

「長島は、おれにやらせてくれ」

菅井はその気になっていた。

「峰打ちだぞ」

「分かっている。居合は遣わぬ」

「菅井に頼む」

源九郎は、もうひとりの若い武士と立ち合おうと思った。可哀相だが、斬ることになるだろう。

長島たち三人は、しだいに源九郎たちに近付いてきた。

「いくぞ！」

源九郎が声を上げ、笹藪の陰から飛び出した。

安田と菅井がつづき、茂次、孫六、平太の三人は、すこし間をおいて笹藪の陰から通りに出た。三人は斬り合いにはくわわらず、勝元と長島に縄をかける手助けをするのだ。

長島たち三人は飛び出してきた源九郎たちを見て、一瞬立ち竦(すく)んだが、

「華町たちだ！」

と、勝元が声を上げ、反転して逃げようとした。だが、背後に源九郎がまわったのを見て、その場にとどまった。

安田が勝元の前に立ち、菅井は長島と相対した。源九郎が若い武士の背後にま

わると、若い武士は体を後ろにむけて身構えた。

「わしは、華町源九郎。おぬしの名は」

源九郎は若い武士の名を聞いてから立ち合うつもりだった。

「岸尾兵助！」

若い武士が、声高に名乗った。

「わしは、鏡新明智流を遣う。おぬしは」

源九郎は、お互いに流派を名乗り合い、流派間の立ち合いとして岸尾と勝負したかったのだ。

「一刀流！」

言いざま、岸尾は刀を抜いた。顔がこわばり、目がつり上がっている。真剣勝負は初めてのようだ。

三

安田は勝元と対峙していた。

ふたりの間合は、およそ三間――。

安田は八相に構え、勝元は青眼に構えていた。ふたりの刀身が、夕闇のなかで仄白(ほのじろ)くひかっている。

　安田は八相に構えた刀身を峰に返した。勝元を人質にとるため、峰打ちで仕留めるつもりだった。

　勝元の構えは隙がなく腰が据わっていたが、安田にむけた刀の切っ先がかすかに震えていた。真剣勝負の気の昂りのせいであろう。

「勝元、なぜ倉森たちに味方した」

　安田が訊いた。

「一刀流の一門だからだ。この争いは、一刀流一門と馬庭念流一門の争いと聞いている」

　勝元は、安田を睨(にら)むように見すえて言った。

「そうか。おれも一刀流だがな、戸坂どのたちに味方しているぞ」

「なに、おぬしも一刀流だと」

　勝元が驚いたような顔をした。

「そうだ。おれは、他流だからといって敵対する気は、まったくない」

「相手が、他流というだけではない。倉森どのは牧沢道場に出入りしていたので、同門のひとりとして味方したのだ」

言いざま、勝元が足裏を摺るようにして間合を狭めてきた。

安田は八相に構えたまま動かなかった。

ふたりの間合が、一足一刀の斬撃の間境に迫ってきた。勝元の全身に斬撃の気が高まり、いまにも斬り込んできそうだった。

ふいに、勝元の寄り身がとまった。斬撃の間境の一歩手前である。勝元は間合が狭まっても、不動で立っている安田に恐れを抱いたようだ。

タアアッ！

突如、勝元が裂帛の気合を発した。気合で、安田の構えをくずそうとしたらしい。

だが、安田は、勝元が気合を発して身が硬くなった一瞬をとらえた。

タアッ！　と鋭い気合を発しざま、安田は八相から袈裟に刀身を払った。素早い体捌きである。

咄嗟に、勝元は刀身を振り上げて安田の斬撃を受けたが、腕だけ伸ばしたため、腰がくずれてよろめいた。

「もらった！」

叫びざま、安田が二の太刀を横に払った。素早い太刀捌きである。

安田の峰打ちが、勝元の脇腹をとらえた。勝元は手にした刀を取り落とし、苦しげな呻き声を上げて蹲った。

安田は勝元に切っ先をむけたまま、

「縄をかけてくれ」

と、茂次たちに声をかけた。

このとき、菅井は長島と対峙していた。

菅井は抜刀し、刀身を峰に返して脇構えにとっていた。長島を峰打ちで仕留めるため居合は遣えなかったのだ。

対する長島は上段だった。両腕を大きく上げ、刀身を高くとっていた。大きな構えである。

……なかなかの遣い手だ。

と、菅井はみてとった。

ふたりの間合は、およそ二間半――。真剣での立ち合い間合としては近い。辺りが暗かったために近間にとったのだ。

「いくぞ！」

先（せん）をとったのは、菅井だった。脇構えにとったまま長島との間合をつめ始めた。

脇構えは、刀を脇にとるために正面があく。上段や八相に構えた者は、真っ向や袈裟に刀をふるえば、斬れるように思える。

ふたりの間合が狭まるにつれ、長島の全身に斬撃の気が高まってきた。上段から真っ向へ斬り込むつもりなのだ。

ふいに、菅井の寄り身がとまった。一足一刀の斬撃の間境の一歩手前である。菅井は全身に斬撃の気配をみせて、半歩踏み込んだ。敵に斬り込ませるための誘いだった。この誘いに、長島が反応した。

イヤアッ！

甲走った気合を発し、上段から真っ向へ斬り下ろした。

刹那（せつな）、菅井は半歩身を引いて長島の切っ先をかわし、脇構えから刀身を横に払った。一瞬の太刀捌きである。

ドスッ、という鈍い音がし、菅井の峰打ちが長島の脇腹を強打した。

長島は一瞬棒立ちになったが、左手で腹をおさえて屈（かが）み込んだ。苦しげな呻き声を上げている。

菅井は長島に近寄り、長島が手にしていた刀を奪い取った後、茂次たちに目をやった。そして、孫六の手があいているのを見て、

「孫六、こいつに縄をかけてくれ」

と、声をかけた。

すぐに、孫六は長島の後ろにまわり、早縄をかけた。長年、岡っ引きをやっていただけあって、縄をかけるのは巧みである。

一方、源九郎は岸尾を仕留めていた。切っ先で岸尾の首筋をとらえ、一撃で落命させたのである。

「岸尾の亡骸（なきがら）を運びたい。手伝ってくれ」

源九郎が孫六たちに声をかけた。

源九郎は孫六たちの手を借りて、岸尾の死体を牧沢道場の脇まで運んだ。牧沢や門弟たちに岸尾を葬ってもらうためである。

「勝元と長島を長屋に連れていくぞ」

源九郎が男たちに声をかけた。

辺りは夜陰に包まれていたが、頭上の月が源九郎たちの長屋へむかう道筋をほんのりと照らし出していた。

四

勝元と長島を捕らえた翌日の午後、源九郎たちは二手に分かれて、勝元家と長島家を見張ることになった。源九郎、孫六、三太郎、平太の四人が勝元家に、安田と茂次が長島家にむかった。菅井は、念のために長屋に残った。監禁している勝元と長島を監視するためである。

源九郎たちが四人もで勝元家にむかったのは、現在倉森と伊達は勝元家の屋敷に身を隠していたからだ。

源九郎と安田はそれぞれ、

——勝元源八郎と長島貞四郎を預かったので、倉森どのと伊達どのに、長屋まで引き取りに来てもらいたい。来なければ、ふたりの命はない。

と認めた投文を用意していた。長屋と記してあれば、倉森と伊達には伝兵衛店と分かるはずである。

ただ、源九郎たちは、倉森と伊達が伝兵衛店に来るとは思っていなかった。倉森たちは、源九郎たちが待ち伏せしていると読んで、長屋には近寄らないのではあるまいか。

源九郎たちは倉森と伊達を長屋におびき出すために、勝元と長島を人質にとったのではない。投文を勝元家と長島家の者が目にすれば、倉森たちはどちらの屋敷にも居られなくなり、屋敷から出るとみたからだ。

現在、倉森と伊達は勝元家の屋敷に逗留していたので、投文は勝元家だけでもよかったのだが、倉森たちは勝元家に居られなくなれば、近くにある長島家に身を隠すのではないかと源九郎たちはみて、長島家にも投文することにしたのだ。

源九郎たちは屋敷の者に知れないように勝元家の屋敷に近寄り、表門近くの築地塀越しに小石をつつんだ文を投じた。

源九郎たちはすぐに屋敷から離れ、以前身を隠して勝元家を見張った稲荷の樹陰に身を寄せた。その場から勝元家を見張るのである。

八ツ半（午後三時）ごろだったが、曇天のせいか辺りは夕暮れ時のように薄暗かった。通りに人影はなく、ひっそりとしている。

「出てくるかな」

孫六が勝元家の屋敷に目をやりながら言った。屋敷内から、物音も人声も聞こえなかった。

「何か動きがあるはずだ」

源九郎は、倉森と伊達がこのまま勝元の屋敷にとどまることはないとみていた。

「長屋へむかうかな」

平太が言った。

「ふたりで、長屋へ行くことはないな。倉森たちは、おれたちが長屋で待ち伏せしているとみているはずだ」

「それにしても、出てこねえ」

孫六が腰を手で擦りながら言った。前屈みで屋敷に目をやっていたので、腰が凝ったらしい。

ふいに、孫六の腰が伸び、

「出てきた!」

と、声を上げた。

表門の脇のくぐりから、武士がふたり姿を見せた。倉森と伊達である。ふたりは通りに出ると、六間堀の方へ足をむけた。

ふたりの姿が通りの先に遠ざかると、

「尾けるぞ」

源九郎が先に稲荷から通りに出た。孫六たち三人が後につづいた。

倉森と伊達は六間堀沿いの道に出ると、北にむかった。振り返って背後を見ることもなく、足早に歩いていく。

「旦那、この前と同じ道ですぜ」

孫六が源九郎に近付いて言った。

「どこへ行く気かな」

源九郎の脳裏に牧沢道場がよぎったが、まだ決め付けるのは早い。

倉森たちは竪川に突き当たると、東に歩いてから二ツ目橋を渡り始めた。その先は、御竹蔵の裏手につづいている。

「やつら、牧沢道場へ行く気ですぜ」

孫六が昂った声で言った。

「そのようだ」

源九郎も、倉森たちは牧沢道場にむかっているとみた。

源九郎たちは、足を速めた。倉森たちの姿が見えなくなったからだ。二ツ目橋を渡り、橋のたもとに出ると、前方に倉森たちの後ろ姿が見えた。やはり、御竹蔵の方へむかっている。

倉森たちは石原町に入り、牧沢道場の前まで来ると、辺りに目を配ってから道場の脇を通って裏手の母屋に入った。

「旦那、どうしやす」

孫六が訊いた。

「しばらく様子をみよう」

源九郎たちは、牧沢道場の脇の笹藪の陰に身を隠した。そこは、以前道場や裏手の母屋を見張った場所である。

牧沢道場はひっそりしていた。稽古が終わり、門弟たちは帰ったようだ。

源九郎たちは辺りが夕闇につつまれるまで、母屋を見張ったが、倉森と伊達は姿を見せなかった。

「どうやら、倉森たちは母屋にとどまるようだ」

倉森たちは牧沢道場に身を隠し、以前と同じように牧沢道場の食客（しょっかく）として母屋で寝泊まりするらしい、と源九郎はみた。

「母屋から引き出せば、敵討ちができやすぜ」

孫六が目をひからせて言った。

「ともかく、長屋へもどろう」

源九郎たちは笹藪の陰から出ると、大川沿いの道を経てはぐれ長屋にもどった。

だが、源九郎の読みははずれていた。倉森と伊達は、源九郎たちの手から逃れるためだけに、牧沢道場にもどったのではなかった。

倉森と伊達は、門弟である勝元と長島が、他流の者に捕らえられ、自分たちを討つために人質になっていることを牧沢に話し、

「勝元と長島を助け出したいが、ふたりと親しくしている門弟の手を借りるわけにはいくまいか」

と、訴えた。

「それなら、勝元たちと同じころ入門した男がふたりいる」

牧沢はそう言って、宮川為次郎(みやかわためじろう)と丹波周五郎(たんばしゅうごろう)の名を口にした。ふたりは、勝元たちと親しくしているという。

「それで、いつふたりを助け出すのだ」

牧沢が訊(き)いた。

「今夜にも、助け出すつもりです」

倉森が語気を強くして言った。

五

源九郎たち四人が長屋に帰ると、源九郎の家に灯の色があった。腰高障子に近付くと、男たちの声が聞こえた。長島家の見張りに出向いた安田と茂次が来ているらしい。

源九郎が腰高障子をあけると、座敷で戸坂、安田、茂次の三人が茶を飲みながら話していた。茶は戸坂が淹れたようだ。

「華町どの、待っていたぞ」

安田が源九郎に声をかけた。

「倉森と伊達の居所が知れた」

源九郎はそう言って、座敷に上がった。孫六、三太郎、平太の三人も座敷に上がって腰を下ろした。

「ふたりは、勝元の屋敷にいるのではないのか」

「倉森たちが屋敷を出たので跡を尾けたのだ。ふたりは、石原町にある牧沢道場にむかった」

源九郎が、倉森と伊達は道場の裏手にある母屋に入ったことを話した。

「ふたりは、屋敷を出て牧沢道場に身を隠したのか」

「そうだ」

そのとき、源九郎と安田のやり取りを聞いていた戸坂が、

「牧沢道場へ行けば、敵が討てるのだな」

と、顔をひきしめて訊いた。

「討てるはずだ」

「ならば、すぐにも牧沢道場にむかいたいが」

「わしらも、助太刀する。牧沢道場には、ふたりの他に門弟がいるはずだ。それに、道場主の牧沢も倉森たちに味方するかもしれぬ」

源九郎は、道場の近くで敵討ちをすることになれば、牧沢は倉森たちに味方するとみていた。

「かたじけない」

戸坂は源九郎たちに頭を下げた。

「それで、いつやる」

安田が訊いた。

「早い方がいいな。倉森たちも、そう長くは牧沢道場にとどまるまい」

「明日か」

「朝のうちに、長屋を出よう」

源九郎が、明日なら倉森たちも牧沢道場にいるはずだと言い添えた。

「彩乃にも、話しておこう」

そう言って、戸坂が腰を上げた。

座敷に残った源九郎たちは、明日のことを相談した。そして、明日はだれも長屋に残らず、源九郎たち七人は、戸坂と彩乃とともに牧沢道場に行くことにした。

「だいぶ、遅くなった。家に帰って寝るか」

そう言って、安田が立ち上がった。

そのとき、路地木戸の方で男の叫び声がひびき、何人もの足音が聞こえた。

「なんだ!」

安田が土間に下り、腰高障子をあけて外に飛び出した。

源九郎や孫六たちも、安田の後につづいた。

「何人も、走ってくる!」

安田が夜陰のなかで叫んだ。

源九郎が足音のする方に目をやると、長屋の家の腰高障子から洩れる灯のなかに何人かの人影が見えた。いずれも武士らしい。

「倉森たちだ！」

安田が叫びざま、男たちの方へ走った。

源九郎がつづき、茂次たちが後を追ってきた。


このとき、菅井は貧乏徳利の酒を湯飲みで飲んでいた。座敷の奥に捕らえた勝元と長島が両手両足を縛られ、横になっていた。先に捕らえた伊東と平松は、安田の家に移されていた。

菅井が湯飲みの酒を飲み干し、もう一杯注ごうとして貧乏徳利を手にしたとき、男の悲鳴が聞こえ、走ってくる複数の足音がした。

……な、なんだ！

菅井は、何事かと思った。

つづいて、安田の「倉森たちだ！」という叫び声が聞こえた。

菅井は、倉森たちが長屋に踏み込んできたことを察知した。一瞬、戸坂と彩乃

を討ちにきたのか、と思ったが、
……人質を助けにきたのかもしれぬ。
と気付き、家の隅に置いてあった刀を手にして腰に帯びた。居合を遣うには、
腰に差さねばならない。
足音が近付いてきた。四、五人いるらしい。
近くで、腰高障子を荒々しくあける音がし、「菅井の家はどこだ！」という声
が聞こえた。
菅井はその声に聞き覚えがあった。倉森である。
「そ、その先の、灯の洩れている家……」
男の声が聞こえた。与作らしい。与作は、向かいの棟の端の家に住んでいた。
……ここにくる！
と、菅井は察知した。
倉森たちは長屋に踏み込み、路地木戸近くの家の者に訊いて、勝元と長島が菅
井の家に監禁されていることを知ったにちがいない。
菅井は刀を腰に差し、土間へ下りた。そして、左手で刀の鯉口を切り、右手を
柄に添えた。居合の抜刀体勢をとったのである。

複数の足音が、戸口に近付いてきた。その足音から、倉森たちは四人いることを察知した。

「待て！」

と、障子のむこうで声がした。倉森らしい。

「障子の向こうに、だれかいる」

倉森が言った。

「菅井だぞ」

伊達の声らしい。

「菅井は居合を遣う。障子越しに、居合で斬られるぞ」

倉森が、槍（やり）を遣え！　と指示した。

六

菅井は、すばやく上がり框（がまち）から座敷に上がった。腰高障子越しに槍で突かれたら、太刀打ちできない。

いきなり、腰高障子を破って槍が突き出された。そして、何度も槍で腰高障子を突き破った後、

「土間にはいない!」

男が言いざま、腰高障子をあけはなった。

菅井は、戸口に立っている倉森と槍を手にしている長身の武士を目にした。他にふたりいるようだったが、姿は見えなかった。

「ここだ!」

倉森が叫んだ。

そのとき、倉森たちの背後に走り寄る足音がひびき、「いたぞ!」「菅井のところだ!」という声が聞こえた。源九郎と安田である。安田も菅井の家に駆け付けたらしい。多数の足音から、他にも何人かいることが知れた。

「迎え撃て!」

戸口にいた倉森の声がひびいた。

すぐに、倉森と槍を持った長身の武士が、土間に入ってきた。戸口に残った者もいるようだ。この長身の武士は、牧沢道場の門弟宮川為次郎だった。

倉森は、座敷の奥に両手両足を縛られた勝元と長島が横たわっているのを目にし、

「やはり、ここだ」

　と言って、座敷に上がろうとした。

「斬るぞ！」

　菅井は居合の抜刀体勢をとったまま倉森に近付いた。

　すると、宮川が座敷に上がって槍を菅井にむけ、

「こやつは、おれが仕留める」

　と言って、槍の穂先を菅井にむけた。

　菅井は居合の抜刀体勢をとったまま、体を宮川にむけた。ここは、槍の攻撃を防ぐしかないとみたのだ。

　倉森は菅井が宮川と対峙しているのを見て、座敷の隅を通って縛られている勝元と長島に近付いた。

　そのとき、宮川が、
　タアッ！

　と鋭い気合を発し、槍をくりだした。

　刹那、菅井の体が躍り、シャッという刀身の鞘走る音がし、閃光が袈裟にはしった。

　カッ、と乾いた音がし、槍の穂が畳に落ちた。菅井の居合の一撃が、槍の口金

近くを切断したのだ。

次の瞬間、菅井は素早く踏み込み、二の太刀を袈裟にみまった。

咄嗟に、宮川は槍の柄を両手で振り上げ、菅井の斬撃を受けようとした。だが、菅井の鋭い斬撃は宮川の手にした槍の柄を切断し、さらに肩口を斬り裂いた。一瞬の攻防である。

宮川の小袖が肩から胸にかけて裂け、あらわになった肌から血が噴いた。宮川は驚愕に目を剝き、後じさって土間へ下りた。出血が激しかった。見る間に、宮川の小袖が血に染まっていく。

宮川は土間の隅へ下りたが、その場に蹲って呻き声を上げた。立っていられないほどの深手らしい。

菅井が長身の武士と闘っている間に、倉森は切っ先で縛られている勝元と長島の縄を斬った。

「外へ逃げろ！」

倉森が叫んだ。

勝元と長島は、戸口から外へ飛び出した。

これを見た菅井が、土間へ下りようとすると、

「うぬは、おれが斬る！」

倉森が菅井に切っ先をむけた。

だが、菅井は抜き身を手にしたまま土間へ下り、外へ飛び出した。居合を遣うことができず、しかも狭い座敷で倉森と闘うのは不利である。

「逃げるか！」

倉森も外に飛び出した。

戸口近くに、五人の武士が集まった。倉森、伊達、助け出した長島と勝元、それに痩身の武士がいた。この武士は、丹波周五郎である。

菅井の家の戸口からすこし離れた場所に、源九郎と安田、それに戸坂の姿があった。戸坂も、菅井の家の近くの騒ぎを耳にして駆け付けたらしい。

そこに、菅井がくわわった。

一方、孫六たちは、源九郎たちからすこし離れたところに立っていた。さらに、その背後に長屋の男たちの姿があった。菅井の家の騒ぎを耳にし、家から飛び出して駆け付けたようだ。

「倉森、ここで師の敵を討ってくれよう」

戸坂が叫んだ。

「返り討ちにしてくれる！」

倉森は切っ先を戸坂にむけた。だが、倉森は戸坂から大きく間合をとったまま周囲に目をやった。逃げ道を探したようだ。

戸坂は八相に構えた。体が揺れている。酔剣の構えである。

菅井は長島と勝元に近付いた。ふたりは、武器を手にしていなかった。菅井はふたりを斬るつもりでいた。

菅井が長島たちに切っ先をむけると、

「よせ！」

長島が声を上げて後じさった。

勝元も、長島といっしょに身を引いた。ふたりはひき攣ったような顔をし、周囲に視線をむけた。逃げ場を探したようだ。

タアッ！

鋭い気合を発し、菅井が長島にむかって袈裟に斬り込んだ。

切っ先が、長島の肩から胸にかけて斬り裂いた。長島は血を撒きながらよろめき、足がとまると腰から砕けるように転倒した。

これを見た勝元は、悲鳴を上げて逃げ出した。

このとき、安田は伊達と対峙していた。

安田は青眼に構え、切っ先を伊達の目線につけた。腰の据わった隙のない構えである。

伊達は上段にとった。両手を高く上げ、刀身を垂直に立てている。敵を威嚇(いかく)するような大きな構えである。

「いくぞ！」

安田がすぐに仕掛けた。

素早い寄り身で、伊達との間合が一気に狭まった。

安田が一足一刀の間境へ踏み込むや否や、対峙していた伊達の全身に斬撃の気がはしった。

タアッ！

鋭い気合を発し、伊達が斬り込んだ。

上段から真っ向へ――。

刹那、安田は右手に踏み込みざま刀身を横に払った。

二筋の閃光が、縦横にはしった。

バサリ、と伊達の右袖が裂けた。安田の切っ先が斬り裂いたのである。

伊達の切っ先は、安田の肩先をかすめて空を切った。

次の瞬間、ふたりは大きく後ろに跳んで間合をとった。

伊達の右の二の腕があらわになり、血に染まっていた。ただ、皮肉を裂かれただけらしい。

「まだだ！」

伊達が叫び、ふたたび上段にとった。

七

源九郎は、丹波に切っ先をむけていた。構えは低い青眼である。対する丹波は相青眼にとっていたが、切っ先がやや高かった。それに腰も浮いている。真剣勝負の恐怖のせいらしい。恐らく、真剣で斬り合った経験がないのだろう。

「わしは華町源九郎、おぬしの名は」

源九郎が訊いた。

「丹波周五郎、一刀流を遣う」

丹波が声高に名乗った。

「牧沢道場の者か」

「そうだ」

「なにゆえ、倉森たちに味方した」

「同門だからな」

そう言って、丹波はすこし身を引いた。源九郎の剣尖(けんせん)の威圧に押されたのである。

つつッ、と源九郎が摺り足で、丹波との間合をつめた。そして、一足一刀の斬撃の間境に迫ると、身を引こうとして丹波が背筋を伸ばした。その瞬間、切っ先がわずかに浮いた。この隙を源九郎がとらえた。

タアッ！

鋭い気合とともに、源九郎が青眼から袈裟に斬り込んだ。一瞬の斬撃である。

丹波の小袖が、胸から脇腹にかけて裂けた。

丹波は後ろに跳んだ。驚愕に目を剝いている。年寄りの源九郎が、これほどの遣い手とは思わなかったのだろう。

丹波のあらわになった胸に細い血の線が浮き、血がふつふつと赤い粒のように浮いた。

丹波は浅手だった。皮膚を斬り裂かれただけである。だが、丹波の顔に恐怖の色が浮き、「この場は引くぞ!」と叫びざま、反転して逃げ出した。源九郎の太刀捌きに、恐れをなしたらしい。

源九郎は追わなかった。もっとも丹波の逃げ足が速く、追っても無駄だったろう。

源九郎は、反転して戸坂と倉森に目をやった。

戸坂と倉森は、まだ対峙していた。戸坂は酔剣の構えをとり、倉森は青眼に構えていた。源九郎が、一ツ目橋のたもとで見たときと同じ構えである。

ふいに、倉森が後ずさりし、戸坂との間合をとった。丹波の叫び声を耳にしたらしい。

倉森は、逃げる丹波の姿を目にすると、

「勝負は、預けた!」

と叫びざま、反転した。

倉森は、抜き身を手にしたまま孫六たちの立っている方へ走った。これを見た伊達も反転して、倉森の後を追って逃げた。

ワッ、と声を上げ、孫六たちが身を引いた。抜き身を引っ提げて迫ってくる倉森と伊達から逃げたのだ。

源九郎たちは、倉森たちの後を追わなかった。夜道を追うのは危険だったし、倉森たちの逃げた先が分かっていたからだ。倉森たちの行き場は、牧沢道場しかないはずである。

「討ち取ったのは、ふたりか」

源九郎が、横たわっている長島に目をやって言った。長島はまだ生きているらしく、苦しげな呻き声が聞こえた。

長屋に踏み込んできた倉森たちとで六人。討ち取ったのは、長島と槍を手にしていた長身の武士である。

逃げたのは、倉森、伊達、勝元、それに丹波と名乗った男だった。

「長島に話を訊いてみるか」

源九郎は横たわっている長島に近寄った。

そばにいた菅井や安田、それに孫六たちも源九郎の後ろについてきた。

長島は俯せに倒れていた。呻き声を上げ、苦しげに身をよじっている。

源九郎は長島を助け起こし、左腕を長島の肩に伸ばして支えてやった。長島の小袖が血に染まっていた。

「しっかりしろ。それほどの深手ではない」

源九郎はそう言ったが、長島は助からないとみた。傷は深く、出血が激しかった。長くは持たないだろう。

「倉森たちに牧沢道場の者がくわわっていたようだな」

源九郎が訊いた。

長島は喘(あえ)ぎ声を上げながらちいさくうなずいた。隠す気力もないようだった。

「牧沢道場の者は、丹波ともうひとりはだれだ」

源九郎が訊いたが、長島は答えなかった。すると、源九郎の脇にいた菅井が、

「槍を持っていた男だ」

と、声高に言った。

「み、宮川どの……」

長島が声をつまらせて言った。

「逃げた倉森たちは、牧沢道場にもどったのだな」

源九郎は念のために訊いてみた。

「そ、そうかも知れぬ」

長島はそう言った後、苦しげに顔を歪(ゆが)めた。

急に、長島の喘ぎ声が激しくなり、体の顫(ふる)えが激しくなった。目が空ろである。

「長島、しっかりしろ！」

源九郎が声をかけた。

そのとき、長島は顎(あご)を前に突き出すようにして、グッという喉のつまったような呻き声を洩らした。次の瞬間、長島の全身から力が抜け、ぐったりとなった。

源九郎は長島を抱えたまま、

「死んだ」

と、つぶやくような声で言った。

源九郎たちは、長島の死体を菅井の家の戸口まで運んでから、腰高障子をあけて土間に入った。

土間の隅に、男がひとり倒れていた。宮川である。宮川のそばに切断された槍が落ちていた。

「宮川は、死んでいる」

菅井が宮川に目をやって言った。

土間に横たわった宮川は、動かなかった。土間に、どす黒い血がひろがっている。

第六章　仇討ち

一

「華町、いるか」

腰高障子の向こうで、菅井の声がした。

「いるぞ」

源九郎は湯飲みを手にしたまま言った。朝餉(あさげ)を終え、戸坂とふたりで茶を飲んでいたのだ。

腰高障子があいて、菅井が土間に入ってきた。

「すこし早いが、出掛けるか」

「孫六たちは」

源九郎たちは、これから石原町に行くことになっていた。倉森と伊達が牧沢道場の裏手の母屋にいるかどうか探りにいくのである。

「路地木戸の辺りで、待っているはずだ」

菅井が言った。

「よし、行こう」

源九郎は立ち上がると、座敷にいる戸坂に目をやり、「戸坂どのは、長屋に残るのだな」と念を押すように訊いた。

「残る。彩乃とふたりで、稽古をするつもりだ。このところ、刀も振ってないからな。いざ、敵を討つために倉森たちと立ち合っても、返り討ちにあったのでは、笑い者になるだけだ」

そう言うと、戸坂も立ち上がった。彩乃の住む家に立ち寄り、いっしょに長屋の脇にある稽古場に行くつもりなのだろう。

源九郎と菅井は、戸坂より先に家を出た。

路地木戸を出たところで、孫六と茂次が待っていた。今日は、倉森たちが牧沢道場の裏手にいるかどうか探りに行くだけなので、三太郎と平太は長屋に残したのである。

源九郎たちは回向院の裏手を通り、大川端沿いの通りに出た。そして、川上にむかい、石原町に入った。

源九郎たちは、これまでと同じように牧沢道場の脇の笹藪の陰に身を隠した。道場から気合や竹刀を打ち合う音などが聞こえてきた。門弟たちが稽古をしているらしい。

「門弟たちに話を訊くのが早いな」

菅井が道場に目をやりながら言った。

「稽古が終わるのを待つか」

源九郎は、稽古を終えて門弟たちが出てくるのを待とうと思った。下手に道場近くを歩きまわると、門弟たちの目にとまる恐れもあったのだ。

笹藪の陰に身を隠していっとき経ったとき、

「華町、裏手の母屋に倉森と伊達がいれば、すぐに敵討ちということになるな」

菅井が訊いた。

「そうなる」

日を置かずに倉森たちを討たねば、また別の場所に身を隠す恐れがある、と源九郎はみていた。

「戸坂どのと彩乃のふたりで、倉森と伊達を討つのは無理だな。それに、牧沢が倉森たちに味方するかもしれんぞ」

「そうかもしれん」

「おれは、戸坂どののたちに助太刀するつもりだが、華町はどうする」

「牧沢が倉森たちに味方するようなら、おれも助太刀する」

源九郎は、牧沢とやるなら一刀流と鏡新明智流の立ち合いとして勝負するつもりでいた。ただ、できれば牧沢とやりたくなかった。牧沢を斬殺すれば、門弟たちに師の敵として狙われる恐れがあるからだ。

源九郎と菅井がそんな話をしているうちに、道場から聞こえていた稽古の音がやんだ。そろそろ門弟が道場から出てくるだろう。

「出て来やしたぜ」

孫六が言った。

道場の戸口から、木刀や竹刀などを手にした若い武士が姿を見せた。ふたり、三人と、何やら話しながらこちらに歩いてくる。

何人かの門弟をやり過ごしたとき、木刀を手にした若い武士が、ひとりでこちらに歩いてくるのが見えた。

「わしが、あの男に訊いてみる」

源九郎は笹藪の陰から出て男に近付いた。

「しばし、しばし」

源九郎が声をかけた。

「それがしですか」

若い武士は、足をとめて怪訝な顔をした。いきなり、面識のない武士に呼びとめられたからだろう。

「ちと、訊きたいことがあってな」

源九郎は若い武士と並んで歩きながら言った。

「何です」

「今朝方、ここを通ったとき、倉森どのを見かけたのだ。むかし、倉森どのと剣術の稽古をしたことがあってな。急に、懐かしくなったのだ」

源九郎は、倉森のことを聞き出すために作り話を口にした。

「そうですか」

若い武士の顔から訝しそうな表情が消えた。源九郎の話を信じたらしい。

「倉森どのは、今日も道場で稽古していたのか」

「いえ、今日は道場に姿を見せませんでした」

「どこにいるのだ」

「裏手の母屋にいます」

「牧沢どののお住まいだな」

「そうです」

若い武士によると、倉森は食客として母屋で寝泊まりしているという。

「倉森どの、ひとりか」

「いえ、伊達どののもいっしょです」

「伊達どののも、いっしょか。……いまも、倉森どのと伊達どのは母屋にいるのかな」

源九郎のもっとも知りたいことだった。

「いるはずです。道場に入るとき、倉森どのの姿を見掛けましたから」

そう言うと、若い武士はすこし足を速めた。源九郎が根掘り葉掘り訊くので、不審を持ったのかも知れない。

源九郎は足をとめ、「母屋を覗いてみるかな」とつぶやいた。そして、踵を返して道場の方へもどった。

源九郎が若い武士から訊いたことを菅井たちに話すと、

「倉森と伊達は、母屋に身を隠しているとみていいな」

菅井が言った。

「長屋に帰るか。いまは、倉森たちが母屋にいると分かればいい」

そう言って、源九郎が菅井といっしょに長屋に帰ろうとすると、

「あっしは、もうすこし母屋を見張りやすよ。長屋に帰(けえ)っても、今日はやることがねえ」

孫六が言うと、茂次も残ると言い出した。

「おれたちは、帰るぞ」

源九郎と菅井は、笹藪の陰から通りに出た。

二

源九郎と菅井ははぐれ長屋に帰ると、すぐに源九郎の家の腰高障子をあけた。戸坂に、倉森たちが道場の裏手の母屋にいることを知らせようと思ったのである。

だが、家に戸坂はいなかった。源九郎は斜向(はす)かいの家に住むお熊に、戸坂のこ

とを訊くと、戸坂は彩乃といっしょに長屋の脇の稽古場にいるという。

「まだ、稽古をしているのか」

源九郎は驚いた。すでに、七ツ（午後四時）ごろではあるまいか。戸坂が彩乃と稽古をするといって、源九郎の家を出たのは朝方である。

源九郎と菅井は、長屋の棟の脇にある稽古場にむかった。戸坂と彩乃が稽古場のなかほどに立っていた。

戸坂は真剣を手にして身構え、彩乃は懐剣を胸の前で握りしめていた。ふたりの顔に汗が浮いている。だいぶ、稽古をつづけたらしい。

戸坂は近付いてきた源九郎たちを目にすると、

「おお、華町どのたちか」

そう言って、構えた刀を下ろした。

彩乃も懐剣を鞘に納め、手の甲で額の汗をぬぐった。

源九郎は戸坂に近付き、

「朝から、ずっと稽古しているのか」

と、訊いた。

「いや、昼餉の後、出直したのだ」

「そうか。……倉森と伊達は、牧沢道場の裏手にある母屋にいる」

源九郎が、声を低くして言った。

「日を置かずに、討ちたい」

戸坂が彩乃に目をやると、彩乃は無言でうなずいた。双眸に強いひかりがあった。彩乃の胸の内にも、早く父の敵を討ちたい、という強い思いがあるのだろう。

「明日、どうだ」

源九郎が訊いた。

「望むところだ」

「牧沢道場の稽古が終わった後がいい。昼過ぎになるな」

敵討ちの様子が門弟たちの目にとまるのは、避けたかった。助太刀にくわわる者がいるだろう。

「承知した」

戸坂は彩乃に身を寄せ、「今夜は、早く休め」と小声で言った。

翌日、孫六、茂次、平太、三太郎の四人は、朝のうちにはぐれ長屋を出た。倉森たちが、母屋にいるかどうか確かめるためである。

四ツ（午前十時）ごろ、平太だけが長屋にもどった。足の速い平太が連絡役である。

「倉森と伊達は、母屋にいるか」

すぐに、源九郎が訊いた。

「いやす」

平太が口早に話したことによると、倉森と伊達が母屋から姿を見せ、庭で真剣を振っていたという。

「そうか」

倉森たちも戸坂たちとの闘いが近いと予想し、母屋に凝としていられなかったのだろう、と源九郎はみた。

「平太、昼過ぎに道場に向かうと、孫六たちに伝えてくれ」

「承知しやした」

平太は、源九郎の家の戸口から飛び出していった。すっとび平太と呼ばれているだけあって、足が速い。

源九郎たちは、昼前に軽い昼食をとり、いっときしてからはぐれ長屋を出た。

石原町にむかったのは、戸坂と彩乃、それに源九郎、菅井、安田の五人である。

源九郎は、菅井と安田に長屋に残ってもらうつもりだったが、ふたりが、どうしても行くと言い張ったため、連れていくことにしたのだ。

源九郎たちが、牧沢道場の近くまで行くと、茂次が足早に近付いてきた。笹藪の陰から源九郎たちの姿を目にし、何か知らせにきたようだ。

「茂次、何かあったのか」

すぐに、源九郎が訊いた。

「母屋に、丹波という男が来てやす」

「よく名が知れたな」

「長屋に踏み込んできたとき、名を聞いたんでさァ」

茂次は、長屋で源九郎と立ち合った男が、丹波と名乗ったのを耳にしたという。

「丹波は、母屋にいるのか」

「いまも、いやす」

「ならば、丹波も討たねばならぬな」

源九郎は、丹波がいても闘う戦力は十分あるとみた。

源九郎たちはいったん笹藪の陰に身を隠し、道場の裏手にある母屋に目をやった。

「狭いが、庭がある。倉森と伊達を庭に引き出して討つといい」

源九郎が戸坂に言った。

「わしと彩乃で、倉森を討つ」

戸坂が彩乃に目をやって言うと、彩乃は黙ってうなずいた。ふたりの間で、話がしてあったらしい。

「わしが、伊達の相手をしよう。倉森を討った後、おれと伊達の勝負がつかなかったら、ふたりで伊達も討ってくれ」

源九郎は、伊達に深手を与えないで、生かしておこうと思った。戸坂と彩乃に、敵として伊達も討ってほしかったからである。

「丹波は、どうする」

安田が訊いた。

「丹波は安田に頼む」

源九郎は、安田なら安心して丹波をまかせられると踏んだ。

「おれは、どうするのだ」

菅井が不服そうな顔をした。

「菅井には頼みたい相手がいる」

「だれだ」

「道場主の牧沢だ」

源九郎は、菅井の居合なら牧沢にも後れをとることはないとみていた。それに、牧沢は菅井が居合を遣うと知れば、勝負を避けるのではあるまいか。おそらく、牧沢は居合を遣う相手と真剣で立ち合ったことはないだろう。牧沢が倉森たちのために命を賭けるとは思えなかったのだ。

「それで、菅井にもうひとつ頼んでおきたいことがある」

源九郎が菅井に身を寄せて言った。

「なんだ」

「牧沢が菅井との立ち合いを避けるようだったら、手を出さないでくれ。立ち合うことになっても、牧沢を斬り殺さず、浅手を与えるだけにしてほしい」

「どういうことだ」

「牧沢を斬れば、おれたちが道場の門弟たちに敵と狙われる恐れがある」

「それはまずい。……道場主の牧沢に、浅手を与えるだけか。斬るよりむずかしいぞ」

「菅井ならできる」

「しかたない。何とかやってみるか」

菅井がいつになく顔を厳しくした。

三

「行くぞ」

源九郎が男たちに声をかけた。

男たちは笹藪の陰から出ると、道場にむかった。道場はだれもいないらしく、ひっそりとしていた。

源九郎たちは道場の脇を通り、裏手にある母屋の前に出た。母屋の戸口はしまっていた。家のなかで、かすかに話し声が聞こえた。何人かの男の声である。牧沢や倉森たちが話しているのかもしれない。

道場の裏手には、松やつつじなどが植えられていたが、母屋の前には庭があった。広い庭ではないが、倉森たちを相手に立ち合うことはできそうだ。

「裏手から、逃げないかな」

戸坂の顔に懸念の色があった。

「あっしらが裏手にまわりやす。逃げ出せるような背戸があったら、突っ支い棒でもかって開かなくしときやすよ」

孫六が言うと、茂次たち三人がうなずいた。

「無理をするな。出てきたら、遠くから石でも投げろ」

源九郎は、孫六たち四人がいれば、相手が腕のたつ武士でも足止めぐらいはできるとみた。

源九郎たちが母屋の戸口近くまで来ると、

「あっしらは、裏手にまわりやす」

と、孫六が言い残し、茂次たちといっしょに母屋の脇をたどって裏手にまわった。

「わしが、倉森たちを呼び出す」

源九郎が戸口に近寄り、板戸をあけた。

狭い土間があり、その先が板間になっていた。その奥に障子がたててある。

源九郎は、ひとりで土間に踏み込んだ。

「だれだ！」

と、たててある障子の向こうで、男の声がした。板戸のあく音で、ひとが土間に入ってきたのを察知したのだろう。

「華町源九郎、倉森権蔵どのはおられるか」

源九郎が声を上げた。

すると、障子のむこうで複数の者たちの立ち上がる気配がした。障子が大きくあけられ、四人の男が姿を見せた。倉森、伊達、丹波、それに初老の武士が三人の後ろに立っていた。牧沢らしい。痩身だが、剣の遣い手らしく腰が据わっていた。

倉森たち三人は、大刀を手にしていた。傍らに置いてあった大刀を摑(つか)んで立ち上がったようだ。

「華町、何の用だ」

倉森が声高に訊いた。

「用があるのは、戸坂どのと笹沢弥左衛門どのの娘、彩乃だ。倉森、表に出て、戸坂どのたちと尋常に勝負しろ」

源九郎が倉森たちを見すえて言った。

「戸坂たちは、表にいるのか」

「おぬしを待っている」

「よかろう。返り討ちにしてくれるわ」

そう言って、倉森は背後に立っている伊達たち三人に目をやった。

伊達はすぐにうなずいたが、丹波と牧沢は戸惑うような顔をした。ふたりは、敵討ちにかかわりたくないのかもしれない。

「こやつら、牧沢道場の門弟も斬ったのです」

倉森が牧沢に目をやり、うながすように言った。

「ならば、わしも相手しよう」

牧沢は座敷にもどり、大刀を手にしてきた。

源九郎は身を引いて戸口から外に出ると、すぐに戸坂や菅井たちのそばにもどった。

戸口から、倉森と伊達が姿を見せ、丹波と牧沢がつづいた。

倉森は源九郎の近くに戸坂と彩乃だけでなく、菅井と安田がいるのを見て、

「大勢で、騙(だま)し討ちか！」

と、声を荒げた。

「倉森、うぬの相手はわしと彩乃だ」

戸坂が声を上げ、倉森の前に立った。

「父の敵！」

彩乃が叫んだ。すでに、懐剣を手にしている。

「ふたりとも、返り討ちにしてくれる」

倉森が抜刀し、切っ先を戸坂にむけた。

すると、伊達が、

「倉森どのに、助太刀いたす！」

と叫び、戸坂たちに近付こうとした。

「待て、伊達、おぬしの相手はおれだ」

源九郎がすばやい動きで、伊達の前にまわり込んだ。

「また、邪魔立てする気か！　今日こそ、討ち取ってくれる」

伊達は怒りに顔を染めて、源九郎と対峙した。

丹波は、倉森と伊達がそれぞれの相手と向き合うのを見て、戸惑うような顔をした。そして、母屋にもどりたいような素振りを見せた。丹波は、戸坂や源九郎たちと闘いたくなかったのかもしれない。

「丹波、うぬの相手はおれだよ」

安田が丹波の前に立ちふさがった。

「安田か！」

丹波が目をつり上げた。安田の名を知っているらしい。

牧沢は戸口近くに立って、倉森、伊達、丹波の三人が、それぞれの相手と対峙するのを見ていたが、

「わしの相手は、いないのか」

と言って、戸口から庭に出てきた。

「待て！」

菅井が牧沢に声をかけ、

「おぬしの相手は、おれだよ」

と言って、素早い動きで牧沢の前に立ち塞（ふさ）がった。左手で刀の鍔元（つばもと）を握り、鯉口（こいぐち）を切っている。

四

源九郎は庭の隅で、伊達と対峙した。

ふたりの間合は、二間半ほどだった。真剣の立ち合い間合としては狭い。庭に

何人もいたせいもあり、間合をひろく取れないのだ。

源九郎は青眼に構え、伊達は八相にとった。

源九郎の剣尖は、ぴたりと伊達の目線につけられていた。腰の据わった隙のない構えである。

伊達は両肘を高くとり、刀身を垂直に立てていた。威圧的な大きな構えだが、刀身が微かに震えていた。真剣勝負の気の昂りのせいで、両肩に力が入り過ぎているようだ。

「いくぞ」

源九郎が先に仕掛けた。

摺り足で、伊達との間合を狭め始めた。二間半と間合が狭いため、一気に一足一刀の斬撃の間境に迫った。

伊達は動かない。八相に構えたまま、斬り込む気配をうかがっている。ただ、腰がやや浮いてきた。源九郎の剣尖に威圧を感じているらしい。

ふたりの間合が狭まるにつれ、源九郎の全身に斬撃の気が高まってきた。

源九郎が斬撃の間境に迫ったとき、
イヤアッ！

突如、伊達が甲走った気合を発した。気合で威嚇し、源九郎の寄り身をとめようとしたらしい。

だが、源九郎は動じず、一歩踏み込んだ。源九郎の全身に斬撃の気が漲り、タアッ！　という鋭い気合と同時に源九郎の体が躍り、閃光がはしった。

青眼から踏み込みざま、袈裟へ――。

咄嗟に、伊達が反応した。

気合を発し、上段から袈裟へ斬り下ろした。

袈裟と袈裟――。

ふたりの刀身が眼前で合致し、青火が散り、甲高い金属音がひびいた。次の瞬間、伊達の体が後ろによろめいた。伊達の斬撃が一瞬後れたために、源九郎の斬撃に押されたのである。

間髪をいれず、源九郎は踏み込みざま袈裟に斬り込んだ。一瞬の反応である。

源九郎の切っ先が、伊達の左肩から胸にかけて斬り裂いた。

伊達は後ろによろめいた。露になった肌から血が流れ出たが、手にした刀を落とさなかった。浅手である。

源九郎は、伊達を斬殺せずに傷だけ与えようと思い、浅く斬り込んだのだ。戸坂と彩乃に、敵のひとりとして伊達を討たせるためである。

源九郎は大きく身を引き、あらためて切っ先を伊達にむけた。伊達も上段に構えをとっている。


このとき、戸坂は倉森と対峙していた。

戸坂は八相に取り、倉森は青眼に構えていた。ふたりは、一ツ目橋のたもとで立ち合ったときと同じ構えをとっている。

彩乃は倉森の背後にまわり込んでいた。懐剣を胸の前に構え、今にも踏み込んでいきそうな気配を見せていた。目がつり上がり、口を強く結んでいる。必死の形相である。

戸坂の八相に構えた体が揺れていた。眠っているように目を細めている。酒に酔っているように見えた。酔剣の構えである。

倉森の顔に戸惑うような表情が浮いた。すでに、倉森は戸坂と対戦していたが、酔剣の構えを破る手は思いつかなかったようだ。

突如、倉森が半歩踏み込みざま鋭い気合を発した。踏み込みと気合で戸坂を動揺させ、酔剣を破ろうとしたらしい。

だが、半歩踏み込んだことで、倉森の構えがわずかにくずれた。この一瞬の隙を戸坂がとらえた。

踏み込みざま、八相から袈裟へ——。神速の斬撃だった。

切っ先が、倉森の肩先をとらえた。

ザクッ、と小袖が裂け、倉森の肌があらわになった次の瞬間、肩先に血の筋がはしった。

咄嗟に、倉森は後ろに跳んだ。戸坂の二の太刀を防ごうとしたのである。だが、背後にいた彩乃との間合が一気に狭まった。

「彩乃！」

戸坂が叫んだ。

彩乃は戸坂の声に弾かれように踏み込み、「父の敵！」と叫びざま、手にした懐剣を突き出した。

懐剣が、倉森の背に突き刺さった。

「おのれ！　小娘」

叫びざま、倉森は体を捻り（ひね）、刀身を袈裟に払った。

切っ先が、彩乃の左袖を斬り裂いた。彩乃は懐剣を手にしたまま後ろへ身を引いた。彩乃の左の二の腕があらわになり、白い肌を血が赤く染めた。だが、皮肉を浅く斬られただけである。

「おのれ！」

戸坂が大きく踏み込み、手にした刀をふたたび袈裟に払った。

グワッ、という呻き声を上げ、倉森はよろめいた。肩から背にかけて斬り裂かれ、血が流れ出た。

倉森は倒れなかった。

よろめきながら右手に動き、ふたたび切っ先を戸坂にむけた。目を吊り上げ、歯を剝き出している。憤怒の形相である。

「ふたりとも、斬り殺してやる！」

叫びざま、倉森は刀を振り上げ、上段にとった。

両肘を高くとった上段で、その大柄な体とあいまって、上から覆い被さってくるような威圧感があった。ただ、肩先と背に深手を負ったせいか、体が震え、振り上げた刀身も揺れていた。

「倉森、観念しろ」

戸坂が、八相に構えたまま一歩踏み込んだ。

この戸坂の動きに、倉森が反応した。

イヤアッ！

裂帛の気合を発し、上段から真っ向へ斬り下ろした。捨て身の攻撃だったが、鋭さがなかった。傷を負っていたせいらしい。

戸坂は一歩引いて、倉森の切っ先をかわしざま八相から袈裟に払った。

ザクッ、と倉森の肩から胸にかけて深く裂けた。次の瞬間、倉森の肩の傷口から血が奔騰し、大きくよろめいた。

「彩乃、突け！」

戸坂が叫んだ。

その声に弾かれたように彩乃は踏み込み、懐剣を両手で握りしめ渾身の力をふり絞って倉森の背に突き刺した。

彩乃は倉森の背に体を密着させていたが、倉森の体が大きく揺れたとき、懐剣を握り締めたまま一歩身を引いた。

倉森の背から血が吹き出した。彩乃の懐剣の切っ先が、倉森の心ノ臓を突き刺していたらしい。

倉森は呻き声を上げながら、くずれるように転倒した。

地面に伏臥した倉森は、動かなかった。かすかに四肢を痙攣させているだけである。

彩乃は俯せに倒れている倉森を見すえていた。体を顫わせ、血に染まった手で懐剣を強く握りしめている。

「彩乃、父の敵を討ったな」

戸坂が声をかけた。

五

源九郎は目の端で、戸坂と彩乃が倉森を討ち取ったのを目にすると、

「伊達は、ここにいるぞ！」

と、戸坂たちに声をかけた。

戸坂と彩乃は、源九郎のそばに走り寄った。

源九郎は青眼に構え、切っ先を伊達にむけていたが、すぐに身を引いた。伊達は肩から胸にかけて斬り裂かれ、血塗れになっていた。それでも八相に構え、源九郎と対峙していた。そこへ、戸坂と彩乃が近寄った。

「伊達は、まかせる。ふたりの手で敵を討ってくれ」

源九郎はさらに身を引いた。

「華町どの、かたじけない。伊達は、われらの手で討たせてもらう」

戸坂は、「彩乃、伊達の後ろへ」と声をかけた。

「はい!」

彩乃はすぐに伊達の背後にまわった。

「おのれ! 老い耄れ、小娘といっしょにあの世へ送ってくれる」

伊達が憤怒に顔を染めて叫んだ。

「伊達、覚悟!」

戸坂は、八相に構えて酔剣にとった。

伊達はその構えを見て、驚いたような顔をしたが、

「目眩しに惑わされぬぞ」

すぐに、伊達は青眼に構えて剣尖を戸坂の目線にむけた。だが、傷のせいで刀身が揺れ、構えもくずれていた。

先に、戸坂が仕掛けた。八相にとり、酔剣の構えをとったまますこしずつ間合をつめ始めたのだ。

伊達は切っ先を戸坂にむけたまま後じさった。酔剣の構えに押されたのであ

る。だが、伊達の足はすぐにとまった。背後にいる彩乃との間が狭まり、後ろに下がれなくなったのだ。女とはいえ、背後から捨て身で斬り込まれたら防ぎようがない。

戸坂は伊達との斬撃の間境に迫っていった。まるで、眠っているように生気がない。それが、かえって不気味である。

タアアッ！

ふいに、伊達が裂帛の気合を発した。気合で、戸坂を動揺させようとしたのだ。この気合で、伊達の青眼の構えがくずれた。

と、戸坂が一歩踏み込み、いきなり八相から袈裟に斬り込んだ。唐突で、素早い斬撃だった。

ピッ、と伊達の首筋から血が飛んだ。戸坂の切っ先が、伊達の首を斬り裂いたのである。

伊達がよろめいた。八相に構えたままである。

「彩乃、いまだ！」

戸坂が声をかけた。

彩乃は弾かれたように踏み込むと、手にした懐剣を戸坂の背に突き刺した。

伊達は振り返って体を後ろへむけようとした。そのとき、首から血が飛び、彩乃の頰にかかった。

伊達は呻き声を上げ、腰からくずれるように倒れた。

彩乃は目を剝き、血に染まった懐剣を手にしたまま体を顫わせていた。色白の顔が、血に染まっている。

そこへ、戸坂と源九郎が近付いた。

「彩乃、伊達も討ったな」

戸坂が、声をかけた。

「は、はい……」

彩乃は頰の血を拭おうとせず、戸坂と源九郎に顔をむけ、

「みなさまに助けられて、父の敵を討つことができました」

と、涙声で言った。

「よかったな」

そう言った後、源九郎はすぐに安田と菅井に目をやった。

安田と丹波との闘いは、終わっていた。安田の足元に、血塗れになった丹波が横たわっていた。安田は返り血を浴びていたが、傷を負った様子はなかった。

一方、菅井と牧沢の闘いは、まだつづいていた。

菅井は脇構えにとっていた。対する牧沢は、八相に構えている。牧沢の右袖が裂け、かすかに血の色があった。菅井の居合の一撃で斬られたらしい。ただ、浅手だった。闘いに支障はないだろう。菅井は牧沢に致命傷を与えないように居合をふるったにちがいない。

「抜いてしまったら、居合は遣えぬな」

牧沢が、菅井を見すえて言った。

「おれは、この構えから居合を遣う」

菅井は居合で抜刀した後、納刀する間がない場合は、脇構えから居合の呼吸で敵に斬り込むのだ。

「その構えからどれだけ迅いか、試してやる」

言いざま、牧沢が間合をつめ始めた。

菅井は脇構えにとったまま後ろに下がった。牧沢とまともにやり合うつもりはなかったのだ。

そのとき、源九郎と安田が、菅井のそばに駆け寄った。

　牧沢は慌てて菅井から身を引き、源九郎たちに目をやった。

「三人で、おれを斬る気か」

　牧沢が顔をしかめた。三人が相手では、勝ち目はないとみたのだろう。

「いや、わしらは牧沢どのを斬る気はない。戸坂どのと彩乃が、敵の倉森と伊達を討ち取ったので、できればこのまま長屋にもどりたいのだ」

　源九郎も、牧沢を斬るつもりはなかった。斬れば、牧沢道場の門弟たちに師の敵として狙われる恐れがあった。それで、菅井にも牧沢に致命傷を与えないように頼んでおいたのだ。

「おれも、おぬしたちには何の恨みもない」

　牧沢がほっとした顔をして、手にした刀を鞘に納めた。

　牧沢は菅井ひとりに手を焼いていた。そこに、源九郎たちがくわわったのでは勝負にならないと思ったようだ。

「わしらは、このまま帰らせてもらう」

　そう言って、源九郎は踵(きびす)を返した。

六

腰高障子が朝日を映じて明らんでいた。五ツ（午前八時）ごろではあるまいか。

源九郎はひとりで、湯漬けを食っていた。昨日の夕食時に炊いためしに湯をかけただけである。

今日は、戸坂と彩乃が高崎に帰る日だった。戸坂は早く起き、帰り支度をするために彩乃の住む家に行っていた。

源九郎が丼の湯漬けを食い終わったとき、戸口に近付いてくる下駄（げた）の音がした。菅井らしい。

「華町、いるか」

菅井の声がした。

「いるぞ」

源九郎が応えると、すぐに障子があいた。

土間に入ってきた菅井は、将棋盤を抱えていた。将棋をやりにきたらしい。

「おい、今日は雨ではないぞ」

朝から晴天だった。両国広小路に居合の見世物に出るには、いい日和(ひより)である。

「華町、今日は何の日か知っているか」

菅井は勝手に座敷に上がった。

「何の日だ」

「今日は、戸坂どのと彩乃が高崎に帰る日だ」

「そうか。菅井は戸坂どのたちを見送るために、長屋に残ったのだな」

「戸坂どのに訊いたらな。帰り支度もあるので、長屋を出るのは四ツ（午前十時）ごろになるそうだ」

「わしも聞いている」

「四ツまでには、何局か指せるではないか。……ふたりを送り出した後もな」

菅井がニンマリと笑った。

「それで、将棋を指しにきたのか」

「今日は一日、勝負ができるな」

「相手してやるか」

源九郎も、四ツごろまで何もすることがなかったので、将棋でも指して時を過ごそうと思った。

一局目はいい勝負だったが、源九郎が勝った。

「おのれ、次は負けんぞ」

すぐに、菅井は駒を並べ始めた。

源九郎も並べ始めたとき、腰高障子があいてお熊が土間に入ってきた。

「ふたりして、将棋かい」

お熊が呆れたような顔をした。

「どうした、お熊」

源九郎が訊いた。

「今日は、戸坂さまと彩乃さんが、長屋を出る日だよ」

「知っている。いま、戸坂どのは、帰り支度をするために彩乃のところへ行っているのだ」

「その帰り支度が終わってね。家を出るところだよ」

お熊によると、長屋の女房連中が家の掃除や帰り支度を手伝ったという。

「帰り支度が終わったのか。菅井、将棋は後だ」

源九郎が立ち上がった。

「仕方ない」

菅井は渋々立ち上がると、「駒は、このままにしておくからな」と言って、腰を上げた。

源九郎と菅井は戸口まで出たが、戸坂はまだ源九郎の家に刀や打飼などが置いてあったので、立ち寄るはずだった。

「来たよ」

お熊が言った。

戸坂と彩乃のすぐ後ろに安田と孫六の姿があった。茂次、三太郎、平太の三人は、それぞれ仕事に出ているので、長屋にはいなかった。安田たちの後ろから、長屋の女房連中が七、八人ついてくる。

彩乃は旅装束だった。小袖の裾を端折り、白足袋に草鞋履きである。手に菅笠を持っていた。戸坂も野袴を穿いていたが、他は長屋にいるときと同じだった。源九郎の家に置いてある衣装と替えるのかもしれない。

戸坂は源九郎の家の戸口まで来ると、「着替えさせてくれ。すぐに、済む」と言って、彩乃といっしょに土間に入った。

戸坂は座敷に上がり、用意してあった打飼を腰に巻き、野羽織を着て網代笠を手にした。大小は、そのまま腰に差した。高崎までの旅なので、簡単な身支度である。

「華町どの、菅井どの、世話になったな。ふたりと長屋のみんなのお蔭で、師の敵を討つことができた。あらためて礼を言う」

戸坂は、源九郎と菅井に頭を下げた。

戸坂につづいて、彩乃が、

「みなさまのお蔭で、父の敵を討つことができました。この御恩は終生忘れませぬ」

と涙声で言い、源九郎と菅井、それに戸口にいた女房たちにも頭を下げた。色白の頬が、ほんのりと朱に染まっている。

……急に、娘らしくなった。

と、源九郎は思った。彩乃の顔から思い詰めたような表情が消え、娘らしい優しい顔をしていた。

戸坂は戸口から出ると、

「長屋のみんなにも、礼を言う」

と言って、安田たちや女房連中にも頭を下げた後、彩乃を連れて路地木戸へむかった。

源九郎をはじめ長屋の者たちは、ぞろぞろと戸坂たちの後についていった。

戸坂と彩乃は路地木戸から出ると、見送りにきた源九郎や長屋の者たちに別れの言葉をかけてから、竪川沿いの通りへ足をむけた。

ふたりの姿が遠ざかると、
菅井が声をかけた。

「華町、やるか」

「将棋か」

「今日は、一日中、付き合うぞ！」

菅井が嬉しそうに言った。

源九郎は胸の内で、「二、三局だけだぞ」とつぶやいて、菅井の後からついていった。

と-12-53

はぐれ長屋の用心棒（ながや ようじんぼう）
おれたちの仇討（あだうち）

2018年4月15日　第1刷発行

【著者】
鳥羽亮（とばりょう）

【発行者】
稲垣潔
【発行所】
株式会社双葉社
〒162-8540 東京都新宿区東五軒町3番28号
［電話］03-5261-4818(営業)　03-5261-4833(編集)
www.futabasha.co.jp
(双葉社の書籍・コミックが買えます)
【印刷所】
慶昌堂印刷株式会社
【製本所】
株式会社若林製本工場

【表紙・扉絵】南伸坊
【フォーマット・デザイン】日下潤一
【フォーマットデジタル印字】飯塚隆士

ISBN978-4-575-66878-0 C0193
Printed in Japan

鳥羽亮

はぐれ長屋の用心棒
銀簪の絆（ぎんかんざし）

長編時代小説〈書き下ろし〉

大店狙いの強盗「聖天一味」の魔の手を恐れた長屋の家主「三崎屋」が華町源九郎たちに店の警備を頼んできた。三崎屋を凶賊から守れるか。

鳥羽亮

はぐれ長屋の用心棒
烈火の剣

長編時代小説〈書き下ろし〉

はぐれ長屋に引っ越してきた訳ありの父子。三人の武士に襲われた彼らを助けた華町源九郎たちは、思わぬ騒動に巻き込まれてしまう。

鳥羽亮

はぐれ長屋の用心棒
美剣士騒動

長編時代小説〈書き下ろし〉

敵に追われた侍をはぐれ長屋に匿った源九郎。端整な顔立ちの若侍はたちまち長屋の人気者となるが……。大好評シリーズ第三十弾！

鳥羽亮

はぐれ長屋の用心棒
娘連れの武士（こ）

長編時代小説〈書き下ろし〉

はぐれ長屋に小さな娘を連れた武士がやってきた。源九郎たちは娘を匿うことにするが、どうやら何者かが娘の命を狙っているらしく……。

鳥羽亮

はぐれ長屋の用心棒
磯次の改心

長編時代小説〈書き下ろし〉

はぐれ長屋の周辺で殺しが立て続けに起きた。源九郎は長屋にまわし者がいるのではないかと怪しむが……。大好評シリーズ第三十二弾。

鳥羽亮

はぐれ長屋の用心棒
八万石の危機

長編時代小説〈書き下ろし〉

かつて藩のお家騒動の際、はぐれ長屋に身を寄せた青山京四郎の田上藩に、またもや不穏な動きが……。源九郎たちが再び立ち上がる！

鳥羽亮

はぐれ長屋の用心棒
怒れ、孫六

長編時代小説〈書き下ろし〉

目星をつけた若い町娘を攫っていく集団が、江戸の街に頻繁に出没。正体を突き止めるべく、源九郎たちが動き出す。シリーズ第三十四弾。

稲葉稔

浪人奉行 一ノ巻

長編時代小説〈書き下ろし〉

ある事情から剣を捨て、市井で飯屋を営む八雲兼四郎。だが、思わぬ巡り合わせから許せぬ悪を討つ〝浪人奉行〟となり、再び刀を握る。

稲葉稔

浪人奉行 二ノ巻

長編時代小説〈書き下ろし〉

反物を積んだ舟が江戸の手前で次々と消え、荷が闇商いされていた。外道の匂いを嗅ぎつけた〝浪人奉行〟八雲兼四郎は行徳に乗り込む。

稲葉稔

浪人奉行 三ノ巻

長編時代小説〈書き下ろし〉

池袋村で旅の行商人が惨殺された。居酒屋いろは屋の大将にして外道を闇に葬る〝浪人奉行〟八雲兼四郎が無辜の民の恨みを剛剣で晴らす！

稲葉稔

浪人奉行 四ノ巻

長編時代小説〈書き下ろし〉

升屋の大番頭の安否確認のため、殺しが頻発する東海道大井村に赴いた兼四郎は無残な骸と遭遇。下手人を追うなか美しい浜の娘と出会う。

稲葉稔

ぶらり十兵衛 本所見廻り同心控

時代小説

辛くとも懸命に生きる市井の人々をそっといたわる本所の守り神、深見十兵衛。男気溢れる人情捌きが胸に染み入る珠玉の第一弾。

稲葉稔

十兵衛推参 本所見廻り同心控

長編時代小説

深川で二人の浪人が斬殺された。本所見廻りの深見十兵衛は凄烈な太刀筋に息を呑む。背後には悪党〝闇の与三郎〟の影が蠢いていた。

稲葉稔

葵の密使【一】 新装版 不知火隼人風塵抄

長編時代小説

将軍の隠し子にして剛剣と短筒を自在に操る凄腕密使・不知火隼人、見参！ 剣戟の名手による伝説の娯楽大作が装いも新たに登場。

風野真知雄
わるじい秘剣帖（四）
ないないば
長編時代小説
〈書き下ろし〉

「越後屋」に脅迫状が届く。差出人はこれまでの嫌がらせの張本人で、店前で殺された男とも深い関係だったようだ。人気シリーズ第四弾！

風野真知雄
わるじい秘剣帖（五）
なかないで
長編時代小説
〈書き下ろし〉

桃子との関係が叔父の森田利八郎にばれてしまった愛坂桃太郎。事態を危惧した桃太郎は一計を案じ、利八郎を何とか丸めこもうとする。

風野真知雄
わるじい秘剣帖（六）
おったまげ
長編時代小説
〈書き下ろし〉

越後屋への数々の嫌がらせを終わらせることに成功した愛坂桃太郎だが、今度は桃子の母親・珠子に危難が迫る。大人気シリーズ第六弾！

風野真知雄
わるじい秘剣帖（七）
やっこらせ
長編時代小説
〈書き下ろし〉

「かわうそ長屋」に犬連れの家族が引っ越してきたが、なぜか犬の方が人間よりいいものを食べている。どうしてそんなことを……？

風野真知雄
わるじい秘剣帖（八）
あっぷっぷ
長編時代小説
〈書き下ろし〉

孫の桃子との「あっぷっぷ遊び」に夢中になる愛坂桃太郎。しかし、そんな他愛もない遊びが思わぬ危難を招いてしまう。シリーズ第八弾！

風野真知雄
わるじい秘剣帖（九）
いつのまに
長編時代小説
〈書き下ろし〉

珠子の知り合いの元芸者が長屋に越してきた。いまは「あまのじゃく」という飲み屋の女将で常連客も一風変わった人ばかりなのだ。

風野真知雄
わるじい秘剣帖（十）
またあうよ
長編時代小説
〈書き下ろし〉

「最後に珠子の唄を聴きたい」という岡崎玄蕃の願いを受け入れ、屋敷に入った珠子と桃太郎だが、思わぬ事態が起こる。シリーズ最終巻！